Zum Roman:

Das Leben auf Cardington Manor – es könnte so herrlich sein, wenn … Ja, wenn Timothy Browning nicht noch immer in den Gedanken von Michael und Samantha herumspuken und deren Neuanfang verhindern würde.
Und wenn Roberta sich nicht von Henderson getrennt hätte – als würde diesem der Abschied von Cardington Manor nicht schon schwer genug fallen. Da wird er auch noch gebeten, seinen dubiosen Nachfolger zu überprüfen und sein tadelloses Leben gerät endgültig aus den Fugen.
Das Waisenhaus verzeichnet indes einen Neuzugang: Ein Neugeborenes, dessen Schicksal die Familie Tomlinson tief berührt, und auf einmal ist es, als würde das Leben seine Chancen neu verteilen.
Doch wer ergreift sie – und wer nicht?
Werden Samantha und Michael zu den Glücklichen gehören und endlich wieder zueinanderfinden?
Erleben Sie mit CARDINGTON MANOR: Die Chance das aufregende Finale der erfolgreichen Romanreihe.

Die Autorin:

Das Schreiben begleitete Sybille Kolar schon ihr Leben lang. In ihrer Jugend waren es Liebesgedichte, später eine Kurzgeschichte, mit der sie sich an einem Autorenwettbewerb beteiligte. Sie war unter den Gewinnern und verfasste danach ihren ersten Roman, der den Auftakt zu einer inzwischen sechsbändigen Familiensaga mit Liebe und Verrat, Glück und Tod rund um einen englischen Landsitz darstellte.
Sybille Kolar ist verheiratet und Mutter von drei erwachsenen Kindern. Mit ihrem Mann und den beiden Hunden lebt sie in der Nähe von München.

sybillekolar.com
facebook.com/SybilleKolar.Autorin
Twitter: @SybilleKolar
Instagram: sybille_kolar

Sybille Kolar

CARDINGTON MANOR

Die Chance

Roman

Band 6 der CARDINGTON-MANOR-Reihe

Bibliografische Information der Deutschen Nationalbibliothek:
Die Deutsche Nationalbibliothek verzeichnet diese Publikation
in der Deutschen Nationalbibliografie; detaillierte bibliografische Daten sind im Internet über http://dnb.dnb.de abrufbar.

© 2017 Sybille Kolar
Lektorat/Korrektorat: Jil Aimée Bayer
Umschlaggestaltung: Carolin Liepins
Foto: Cornelius Carstens

Herstellung und Verlag:
BoD – Books on Demand, Norderstedt
ISBN: 978-3-7460-1228-5

*Für den besten Ehemann des Universums,
der meine zweite Chance im Leben war.
Danke für Deine unendliche Liebe ...*

1

Das Erste, was Samantha an diesem Morgen sah, waren tanzende Muster an der Wand neben dem Bett. Die aufgehende Julisonne hatte die vom Wind bewegten Vorhänge durchdrungen und ihr Lichtspiel dorthin projiziert. Einen Moment lang dachte sie, dass sie noch immer hier lebte, in diesem winzigen Cottage auf dem Hügel nahe Sandhurst, und die vergangenen zwei Jahre nur der Traum der letzten Nacht gewesen wären. Nichts davon wäre wirklich passiert. Weder war sie mit Michael Tomlinson verheiratet und bewohnte Cardington Manor, noch hatte sie ein Baby bekommen und einen zweiten Sohn adoptiert. Charles lebte noch und …

Panik nahm augenblicklich von ihr Besitz und ihr Pulsschlag beschleunigte sich. Sie rang nach Luft und wollte sich gerade aufsetzen, um besser atmen zu können. Da fiel ihr Blick auf einen gebräunten Männerarm, auf dem goldene Härchen schimmerten. Und dieser Arm ruhte entspannt auf ihrer Taille. Auf dem Ringfinger der vertrauten Hand war eine helle rosafarbene Stelle sichtbar, an der die Haut leicht glänzte.

Beruhigt atmete sie auf. Sie hatte also doch nicht geträumt. Doch nun erinnerte sie sich an den Grund ihres Hierseins und spürte einen kalten Schmerz in ihrem Magen. Michael und sie, sie wollten es noch einmal miteinander versuchen, und heute war der erste Tag dieses neuen Lebensabschnitts. Noch am Vorabend, den sie gemeinsam auf der Terrasse verbracht hatten, war genügend Hoffnung in ihr gewesen, dass sie es tatsächlich schaffen konnten. Aber nun, am Morgen danach, machte sich die Ernüchterung breit wie die Katerstimmung nach einer durchfeierten Nacht.

Sie hatte plötzlich solche Angst. Unzählige Fragen türmten sich in ihrem Kopf auf, so hoch wie Wolkenkratzer: Wie würden sie bloß damit umgehen, wenn die Vergangenheit sie einholte? Käme ihre Affäre mit Timothy in Zukunft bei jeder Meinungsverschiedenheit auf den Tisch? Könnten sie je wieder gemeinsam ihre gewohnte Intimität ausleben, ohne dass einer von ihnen dabei an Timothy Browning denken musste? Und falls ja, würde Michael sie hinterher fragen, ob es ihr mit Timothy besser gefallen hatte? Würde er ihr vielleicht unterstellen, dass sie heimlich an die Stunden im Boudoir dachte und ihn mit seinem Rivalen verglich? War ihre Liebe wirklich stark genug, das alles auszuhalten? Konnte es auf der ganzen Welt überhaupt eine Liebe geben, die dafür stark genug war?

In diesem Augenblick erschien ihr das alles unmöglich.

»Wir werden uns zerfleischen«, flüsterte sie vor sich hin und schüttelte den Kopf, während eine Träne aus ihrem Augenwinkel rann und im Kopfkissen versickerte.

Michaels Arm begann sich zu bewegen und er zog ihren Körper wie automatisch zu sich heran, während er erwachte. Genau wie in früheren Zeiten. Plötzlich hielt er in der vertrauten Umarmung inne und lockerte den Griff wieder ein wenig.

»Guten Morgen«, sagte er, als er merkte, dass sie bereits wach war.

»Guten Morgen«, erwiderte sie mit tränenerstickter Stimme.

Er küsste sie auf die Stirn. »Hast du gut geschlafen?«

»Ja. Eigentlich erstaunlich gut. Und du?«

»Ich auch.« Er stützte sich auf den Ellbogen, berührte sie sachte an der Schulter und drehte sie so in die Rückenlage. »Hey, was ist mit dir los? Warum weinst du?« Er streichelte ihre Wange mit einem Finger. »Bereust du es schon, dass du es noch einmal mit mir versuchen willst? Oder hast du es dir etwa anders überlegt?«

»Aber nein.« Sie schüttelte den Kopf, rollte sich zur Seite und griff nach einem Päckchen Taschentücher, das auf dem Nachtkästchen lag.

»Was ist es dann?«, fragte er sanft.

Sie putzte sich die Nase, damit sie antworten konnte.

»Ich habe nur so schreckliche Angst, dass wir es nicht schaffen ... dass uns das Thema bei jeder Gelegenheit einholen wird, verstehst du?«

»Natürlich verstehe ich das. Mir geht es doch ganz ähnlich. Aber wir können gar nichts anderes tun, als uns dieser Möglichkeit zu stellen. Allein um unserer Liebe und Kinder willen. Das sind wir uns und ihnen doch schuldig. Wir haben gar keine andere Wahl.«

»Aber ich fürchte, dass wir uns wieder so schrecklich verletzen werden und ich möchte das doch nicht mehr.« Sie brach erneut in Tränen aus. »Nie wieder will ich das ...«

»Aber was hätten wir denn für eine Alternative, Sammy? Eine Scheidung – obwohl wir uns noch lieben? Das kann doch nicht die Lösung für uns sein. Wir wären bis an unser Lebensende todunglücklich.«

Als Antwort schüttelte sie nur den Kopf, hatte die Hände vors Gesicht gelegt, und Michael sprach weiter.

»Ich weiß, wir können die Vergangenheit nicht mehr ändern.« Er legte sich auf sein Kissen und starrte an die Decke, während er laut sinnierte. »Aber immerhin haben wir Einfluss auf die Gegenwart und damit auch auf die Zukunft. Unsere Zukunft. Das finde ich – zusammen mit der Tatsache, dass wir uns noch immer lieben und zusammenbleiben wollen – als Basis gar nicht so schlecht für einen Neuanfang.« Und in aufmunterndem Tonfall fragte er sie: »Was meinst du dazu, Sammy?«

Sie setzte sich auf und putzte sich noch einmal die Nase. Danach kuschelte sie sich wieder unter ein paar letzten Schluchzern an Michaels Schulter und beruhigte sich langsam. Er legte seinen Arm um sie und hielt sie an sich gedrückt.

»Aber wenn wir uns wieder …«, begann sie erneut, da berührte er ihre Lippen sanft mit zwei Fingern und sagte nur: »Sch …«

Nach einer Weile erwiderte er: »Wir werden schon sehen, was auf uns zukommt. Auf jeden Fall hat es keinen Sinn, uns schon jetzt irgendwelche Horrorszenarien vorzustellen, von denen wir nicht wissen, ob sie überhaupt jemals eintreten werden, und uns die Situation damit unnötig erschweren.«

»Ja … vielleicht hast du recht«, sagte sie leise und wurde noch ein letztes Mal von einem inzwischen tränenlosen Schluchzen geschüttelt. »Wir sollten unseren Neuanfang positiv angehen. Außerdem ist das auch nicht unsere erste Krise, mit der wir fertiggeworden sind.«

Er nickte zur Bestätigung und dachte einen Moment lang nach, ehe er antwortete: »Ja, du hast recht. Wir haben uns schon bewährt. Das war damals, als Colin gerade geboren war und Muriel und Hutch uns heimgesucht haben …«

»… und gleichzeitig hat die gute Hazel uns glauben machen wollen, dass du mich mit ihr betrogen hast.« Sie schüttelte den Kopf, als wäre ihre Empörung darüber noch immer nicht verflogen.

»Ja … das war ein einziger Albtraum. Ich würde diese Wochen am liebsten aus meinem Gedächtnis streichen.« Er schnaubte bei der bloßen Erinnerung daran, dann küsste er Samantha auf den Mund. »Aber als Paar sind wir daran gewachsen.«

»Ich weiß noch, wie Roberta damals versucht hat, mich zu trösten. Und sie hat dabei ein Sprichwort benutzt,

erinnerst du dich?«
»Kaum«, feixte er. »Sprichwörter sind noch nie mein Fall gewesen. Vielleicht deshalb nicht, weil ich keine Frau ...« Ein Ellbogen traf seine Rippen, sodass er grinsend verstummte.

»Wie war das noch?« Sie dachte kurz nach. »So etwas in der Art, dass solche Schüsseln am längsten halten würden, die schon einen Sprung hätten. Oder so ähnlich. Roberta meinte damit, dass Ehen, in denen bereits etwas vorgefallen ist – eine Krise oder dergleichen –, länger halten würden. Weißt du das wirklich nicht mehr? Ich hatte es dir doch erzählt.«

»Ja, richtig. Jetzt erinnere ich mich, natürlich.« Michael lächelte. »Die gute Roberta ... woher sie so etwas nur weiß? Wo sie doch nie verheiratet war ...«

»Sie hat wohl einfach aus ihren Beobachtungen anderer Menschen die richtigen Schlüsse ziehen können, und die hat sie sich behalten wie einen Schatz, auf den sie zurückgreifen kann.« Sie rekelte sich und seufzte laut. »Ich merke gerade, wie sehr ich Roberta vermisse nach diesen langen vier Wochen.« Sie drehte sich zu ihm herum und stützte den Kopf auf den Unterarm. »Auf jeden Fall wächst einem demnach die Schüssel durch ihren Sprung noch mehr ans Herz.« Sie schenkte ihm einen zärtlichen Blick, den er erwiderte. Danach fiel ihr etwas ein und sie legte sich wieder auf ihr Kissen zurück, um den Gedanken in Worte zu fassen.

»Vielleicht trinke ich deshalb seit ewigen Zeiten jeden Morgen meinen Tee aus dieser uralten Rosentasse, an der sogar schon oben am Rand ein Stück Porzellan fehlt.«

Sie lachte leise auf, bevor sie fortfuhr: »Charles hat nie verstehen können, warum ich sie seinem erlesenen Familienporzellan vorgezogen habe, und ich habe dadurch in ständiger Angst gelebt, dass sie eines Tages verschwunden sein würde. Als ich damals Charles und Cardington

Manor verlassen habe, musste meine geliebte Tasse natürlich mit mir ausziehen.« Sie lachte noch einmal und ergänzte dann in ernsterem Tonfall:»Ich hätte sonst das Gefühl gehabt, ich würde einen alten Freund zurücklassen. Verrückt, oder? Dabei ist es doch nur eine Tasse.«

»Ja, schon seltsam.« Er lächelte und schüttelte grübelnd den Kopf.»Warum ist das nur so, dass man solche Dinge so sehr mag?«

»Vielleicht, weil man erst durch den Sprung oder die abgeplatzte Stelle erfahren hat, wie schnell man so etwas Kostbares verlieren kann, wie vergänglich es ist. Und erst dann weiß man es zu schätzen.«

»Weil man gespürt hat, wie weh es tut, als man fürchten musste, es verloren zu haben.« Michael richtete sich seitlich auf und stützte sich auf seinen Ellbogen. Sein Gesicht war nun direkt über dem von Samantha, und der warme Blick aus seinen goldgesprenkelten dunkelbraunen Augen traf auf leuchtend blaugrüne Augen, die vom Weinen leicht gerötet waren. Ihr dunkelblondes Haar hatte im Licht des beginnenden Tages den Anschein flüssiger Bronze, die sich über das Kissen ergoss. Ein paarmal machte er Anstalten zu streicheln, was er sah, doch etwas hielt ihn immer wieder zurück. Es war, als würde er nicht wagen, dieses Kunstwerk zu berühren, weil es sonst womöglich zerplatzen würde wie ein Gebilde aus Wünschen und Träumen.

»Weißt du, Sammy«, begann er und rang um Worte. »Noch nie hat mir in meinem ganzen Leben irgendetwas so wehgetan wie das Wissen, dich verloren zu haben.« Seine Stimme klang heiser und verletzlich.»Dieser Schmerz hat plötzlich alles andere für mich unwichtig gemacht. Ich möchte das nie, nie, nie wieder spüren müssen und werde alles – wirklich alles! – dafür tun, dass das nicht noch einmal mit uns passiert. Unsere Krise hat mich gelehrt, was wirklich wichtig ist im Leben. Was am Ende zählt und was nicht.«

Darauf konnte sie nichts erwidern. Sie lag nur da, völlig beeindruckt und berührt von dem Schmerz, den sie in seinen Augen gesehen und durch jedes seiner Worte gespürt hatte. Sie hielt einfach seinem Blick stand. In diesen Sekunden wuchs in ihr die Spannung darauf, was gleich passieren würde. Würde denn überhaupt etwas passieren? Jetzt schon? So kurz nach ihrer Versöhnung? Da senkte Michael schon seinen Kopf. So langsam wie in Zeitlupe und wie nach einer Ewigkeit berührten sich ihre Lippen. Mit einiger Zurückhaltung zwar, aber es war ein so inniges und gleichzeitig so schmerzlich vermisstes Gefühl, als würde man nach längerer Abwesenheit wieder nach Hause kommen. Endlich. Samantha schloss erleichtert die Augen, und eine Träne floss über ihre Schläfe.

In Verbindung mit dem vertrauten Geruch und der Intimität einer gemeinsam verbrachten Nacht rief dieser zarte Kuss jedoch in beiden gleich ein so starkes Begehren wach, dass sie fast gleichzeitig zurückwichen und sich erschrocken anstarrten.

»Ich … ich werde mich kurz frisch machen und dann nachsehen, ob ich uns ein kleines Frühstück zaubern kann«, stotterte Samantha und wand sich unter seinem glühenden Oberkörper heraus. Da sie nichts anhatte und es ihr in diesem Moment unpassend erschien, vor Michael nackt herumzulaufen, griff sie nach dem Laken, das Teil ihrer Bettdecke war. Das schlang sie sich um den Leib und trippelte wie eine Geisha aus dem Schlafzimmer.

Michael stieß geräuschvoll den Atem aus und kratzte sich am Kopf.

»Puh … das kann ja noch heiter werden«, sagte er halblaut stöhnend vor sich hin. Dann stand er auf und zog sich seine Jeans an.

Da Samantha noch das Badezimmer belegte und –

nach dem Geräusch des altersschwachen Boilers zu urteilen – gerade unter der Dusche stand, begab Michael sich geradewegs in die Küche. Er brachte den Gasherd zum Brennen, fand den zerbeulten Wasserkessel am gewohnten Platz, füllte ihn und setzte ihn auf. Die Teebecher hingen noch immer an einer Hakenleiste unter dem Hängeschrank. Er pustete zunächst den Staub heraus, entschied sich aber dann doch dafür, sie kurz auszuspülen. In einer abgeschabten Blechdose fand er einen Rest schwarzen Tees, der sich nach kurzem Schnuppern als Darjeeling entpuppte.

Natürlich! Was sonst?

Er lächelte. Auch die alte Porzellankanne stand noch immer dort, wo sie früher gestanden hatte. Er erwärmte sie mit dem inzwischen heißen Kesselwasser und setzte gleich wieder frisches auf. Anschließend öffnete er die restlichen Schränke – auf der Suche nach etwas Essbarem.

»In der kleinen Papiertüte auf dem Stuhl«, sagte plötzlich eine Stimme hinter ihm. Er drehte sich um und sah Samantha, wie sie entspannt lächelnd im Türrahmen lehnte. Das dünne Bettlaken hatte sie inzwischen durch ein dickes Badetuch ersetzt, und auf ihren entblößten Schultern glitzerten Wassertropfen.

»Da ist auch frischer Tee drin. Habe ich gestern auf dem Weg hierher noch schnell in einem Dorf gekauft«, ergänzte sie lächelnd.

Michael wandte sich der winzigen Sitzecke zu, auf der er selbst schon viele Stunden zugebracht hatte, und entdeckte, was er gesucht hatte: eine rot karierte Packung mit schottischem Shortbread und ein Päckchen edlen – und vor allem frischen – Darjeeling.

»Mmh … du musst gewusst haben, dass ich herkomme.« Er zwinkerte ihr zu. »Wie lange stehst du hier eigentlich schon und schaust mir dabei zu, wie ich mich abmühe?«

Sie lachte. »Ach, schon … eine Weile.« Dann zwinkerte sie zurück. »Weißt du, das ist wirklich schön, wenn man morgens aus dem Bad kommt und sieht, wie sich ein gut aussehender Kerl in Jeans und mit nacktem Oberkörper in deiner Küche zu schaffen macht.«

Wie es ihn erleichterte, dass sich die Stimmung zwischen ihnen wieder heiter und humorvoll anfühlte! Er kam jetzt grinsend auf sie zu.

»Soso, du weißt aber hoffentlich schon noch, welche Wirkung du in Badetüchern auf mich ausübst, oder?«

Sie fing an zu kichern. »Ich weiß nicht, was du meinst.«

Er nickte und gab sich nachdenklich. »Badetücher sind sehr, sehr gefährlich, das müsstest du eigentlich noch wissen.« Nach ein paar weiteren Schritten küsste er sie sanft auf den Hals. Sein Mund wanderte weiter in Richtung ihres Nackens, während seine Hände nach der Stelle suchten, die den Frottierstoff daran hinderte, von ihrem Körper zu rutschen.

»Ähm … das Teewasser kocht«, sagte sie gespielt tadelnd, als ein heiserer Pfiff die Annäherung untermalte, und Michael ließ widerwillig von ihr ab.

»Da hast du jetzt aber gerade noch einmal Glück gehabt, davongekommen zu sein.« Er wandte sich nun wieder zum Herd, öffnete die Teepackung, kippte das warme Wasser aus der Kanne in den Ausguss und brühte die frischen Blätter auf.

»Ich weiß nicht, ob das wirklich ein Glück ist«, erwiderte sie mit einem erneuten Anflug von Trauer in der Stimme. Er drehte sich zu ihr herum.

»Was hast du eben gesagt? Ich habe es nicht genau verstanden.«

»Ich habe gesagt, dass ich nicht weiß, ob es wirklich ein Glück für mich ist, dass ich noch einmal davongekommen bin.« Ihre Augen füllten sich mit Tränen. »Wir hatten doch immer so viel Freude und Spaß miteinander, Michael.« Sie sprach nun mit tränenerstickter Stimme. »Und es endete dann meistens damit, dass wir miteinander geschlafen haben, eben weil wir uns so gut verstanden haben und immer ganz unbefangen miteinander waren und ...«

Er kam erneut auf sie zu und schloss sie in seine Arme. Dann sagte er mit Zuversicht in der Stimme: »Irgendwann, ich bin ganz sicher, wird es wieder so sein, wie es einmal war. Vielleicht wird es sogar noch schöner, wer weiß? Du wirst sehen, die Zeit wird auch diese Wunde heilen.« Als wollte er diese Weisheit besiegeln, drückte er ihr einen zärtlichen Kuss auf den Mund. »Siehst du? Ich kann auch Sprichwörter zitieren.« Zufrieden, weil er sie damit zum Lachen brachte, fuhr er fort: »So, und jetzt setzen wir uns auf die Terrasse und genießen unser Frühstück.«

»Ja, das ist eine gute Idee.« Sie gab ihm einen Kuss zurück.

»Also, ich kann nur hoffen, dass es genießbar ist. Es kommt ja nicht mehr so häufig vor, dass ich morgens den Tee koche ...«

»Da bin ich mir ganz sicher«, erwiderte sie und ergänzte dann kichernd: »Wobei ich mir auch nicht vorstellen kann, was du dabei hättest falsch machen können, Superman, zumal dich auch noch mein strenges Auge bewacht hat.«

Als Antwort grinste er nur.

»Und danach fahren wir sofort nach Hause, ja? Je eher wir der Zeit die Gelegenheit geben, unsere Wunden zu heilen, desto besser ist es.«

2

Es dauerte zwei Stunden, ehe sie Cardington Manor erreichten. Michael legte das letzte Stück vorsorglich etwas schneller zurück, um schon das sperrige Garagentor zu öffnen, damit Samantha ihren Wagen gleich bei der Ankunft einparken konnte.

»Ich freue mich jetzt so auf Colin!«, rief sie übermütig, als sie auf dem Weg zum Haupthaus waren.

»Und ich erst!«

Samantha sah auf ihre Armbanduhr. »Ich fürchte nur, das wird nichts. Um diese Zeit schläft er meistens.«

»Das macht nichts. Ich schaue ihm auch gerne beim Schlafen zu.« Michael hielt seine Frau glücklich und ausgelassen im Arm, während er mit der anderen Hand ihre Reisetasche hineintrug. Was für ein Unterschied zu der Stimmung, in der sie beide am Vortag Cardington Manor verlassen hatten!

In der Eingangshalle trafen sie auf Jefferson Barley, der gerade im Begriff war, mit einem langen Staubpinsel die reich verzierten Bilderrahmen an den Wänden zu säubern.

»Michael, darf ich dir Jefferson vorstellen? Er vertritt Clara, solange sie krank ist, und hilft auch Rose und Frances aus, bis Henderson zurückkommt.« Und an den Hausdiener gewandt sagte sie: »Guten Tag, Jefferson. Ich glaube, Sie kennen meinen Mann noch nicht.«

»Oh! Es ist mir eine große Ehre, Sie persönlich kennenzulernen, Mr Tomlinson, Sir.«

Die beiden Männer gaben sich die Hand und begrüßten sich. Falls Jefferson irgendetwas von der Ehekrise der Tomlinsons mitbekommen hatte, ließ er es sich auf jeden

Fall nicht anmerken, wie Samantha erleichtert feststellen durfte.

»Es wird wirklich Zeit, dass ich wieder öfter zu Hause bin«, feixte Michael leise, als sie Hand in Hand die Freitreppe zu den oberen Etagen hochstiegen. »Schon wieder so ein gut aussehender Kerl auf dem Anwesen!«

Auch wenn diese Anspielung wohl als Scherz gemeint war, versetzte sie Samantha einen Stich, denn für sie fühlte es sich bereits wie der erste Seitenhieb auf Timothy an.

Als Michael bemerkte, dass sie darüber nicht lachen konnte, fügte er noch mit einem Augenzwinkern hinzu: »Und dieser Anthony Browning sieht ja für sein Alter auch noch ziemlich gut aus und ist zudem total vernarrt in dich, wie ich so herausgehört habe, als ich mich nach meinem Unfall bei ihm auskuriert habe.«

Erleichtert knuffte sie ihn in die Seite und erwiderte: »Ja, ich mag Anthony auch – sehr sogar.«

»Ich bin schon sehr gespannt, wen du dir als Hendersons Nachfolger aussuchen wirst. Womöglich einen Brad Pitt-Verschnitt. Oder würde dir ein Doppelgänger von George Clooney besser gefallen? Vielleicht doch eher Pierce Brosnan?« Samantha lachte nun.

»Nein danke, sicher nicht. Aber wenn er selbst einverstanden ist und auch noch die Prüfung durch Hendersons strenges Auge übersteht, könnte ich mir Jefferson sehr gut als Butler vorstellen. Ich glaube, ich hätte ihn gerne um mich.«

»Genau das meine ich«, sagte Michael und zog sie kurzerhand in eine Türnische, um sie zu küssen. Und diesmal fiel der Kuss nicht etwa verhalten aus wie noch am Morgen, sondern hatte eindeutig etwas Besitzergreifendes.

Danach rang Samantha nach Luft und strahlte Michael überrascht an.

»Nein, so war das doch nicht gemeint. Jefferson ist

einfach ein angenehmer Mensch. Er ist so weltmännisch und diskret«, erwiderte sie, während sie weitergingen.
»Weiß er ... Ich meine, hat er irgendetwas mitbekommen von ... du weißt schon ...« Er räusperte sich, bevor er fortfuhr: »... den Vorgängen der letzten Wochen hier im Haus?«

Sie sah ihm an, dass ihm das peinlich wäre.
»Ich weiß es, ehrlich gesagt, nicht. Aber genau das meine ich mit *weltmännisch und diskret*. Ich halte ihn außerdem für absolut loyal, was ihn in meinen Augen zu diesem Posten befähigt. Ich könnte mir sogar vorstellen, dass er mit der Zeit wie ein zweiter Henderson werden könnte.«

»Ich verstehe.« Michael nickte.
»Dann ist es ja gut«, erwiderte sie erleichtert. »Aber wir sind vom Thema abgekommen. Könnten wir das von vorhin vielleicht noch einmal machen?«

Noch ehe er sich fragen konnte, was sie damit gemeint haben mochte, hatte sie ihn bereits in die Nische der nächsten Tür gezogen und küsste ihn noch einmal und mit noch größerer Leidenschaft. Wie sie es liebte, ihrem Mann wieder so nah zu sein, ihn zu riechen und zu schmecken.

Halb benommen ließen sie nach einer Weile voneinander ab und sahen sich schwer atmend an.

»Zufällig stehen wir gerade direkt vor unseren Gemächern«, sagte Michael und liebkoste ihren Hals mit der Zunge. »Sollten wir vielleicht hineingehen und drinnen weitermachen, Liebling? Was meinst du?«

»Keine schlechte Idee«, antwortete sie und war dabei noch immer außer Atem. »Ich fürchte nur, dass Mildred nebenan im Wohnzimmer sitzt und Colins Schlaf bewacht. Erst müssten wir sie von ihrer Pflicht entbinden.«

Und genau so war es auch: Als sie das *Nest* durch die Nebentür betraten, saß Mildred Boyle im Wohnzimmer auf dem Sofa und las in einem Buch. Sie sprang sofort auf und begrüßte beide erfreut. Nach einem kurzen Informationsaustausch über Colins Befinden dankten die Eltern der Kinderfrau und entließen sie für den Rest des Tages. Dann packte Michael seine Frau am Handgelenk und zog sie zur Tür, die nach nebenan ins Schlafzimmer führte.

»Endlich allein«, raunte er an ihr Ohr und knöpfte ihr dabei die Bluse auf. »Ich habe so eine Sehnsucht nach dir, Sammy ...«

»Und ich nach dir«, flüsterte sie, als ihre Knie nachzugeben drohten. »Wenn ich Mildred richtig verstanden habe, müsste Colin noch mindestens eine Stunde schlafen.«

»Und du meinst, das genügt uns?«, scherzte er. »Wo wir so viel nachzuholen haben?«

Sie rissen sich voller Ungeduld gegenseitig die Kleider von den Körpern und küssten sich immer wieder, während sie sich zu ihrem Ehebett bewegten. Schließlich – mit bloßer Haut – umarmten sie sich innig und genossen es, sich wieder ganz zu spüren. Dann plumpsten sie gemeinsam auf die nachtblaue Liegefläche, und Samantha quietschte vergnügt auf. Michael bedeckte sogleich die zarte Haut ihres Oberkörpers mit unendlich vielen Küssen und arbeitete sich schließlich in Richtung des Bauchnabels vor.

»Moment!«, rief Samantha auf einmal und unterbrach ihn damit unwirsch. »Eines fehlt noch!« Sie wand sich unter seinem begehrlichen Mund zu der Seite des Bettes, an der Michaels Nachttisch stand, zog die Schublade auf und holte einen kleinen Gegenstand heraus. Dann ergriff sie seine linke Hand und steckte ihm seinen Ehering an den Finger. »Endlich ist er wieder dort, wo er hingehört«, sagte sie mit einem Anflug von Triumph in der Stimme.

Dass sie damit einen Fehler gemacht hatte, merkte sie erst in dem Moment, als Michael sich seufzend auf den

20

Rücken drehte und wie unter Schock seine beringte Hand betrachtete. Es war offensichtlich, dass er gerade an den schrecklichen Moment zurückdachte, wie er vor der Tür des Boudoirs gestanden und die Lustschreie seiner Frau und von Timothy Browning gehört hatte. Genau dort hatte er sich damals den Ring abgestreift und ihn einfach fallen lassen. Er hätte es nie für möglich gehalten, ihn jemals wieder zu tragen.

Die Leidenschaft war inzwischen komplett aus ihm gewichen, als er sie in sachlichem Ton fragte:»Habt ihr hier auch …? Ich meine, hier in unserem Schlafzimmer … in unserem Bett?«

»Nein«, antwortete sie mit belegter Stimme, weil sich in ihrem Hals augenblicklich ein Kloß gebildet hatte.

»Nur im Boudoir«, ergänzte sie noch, vermied es aber tunlichst, zu erwähnen, dass es um ein Haar ganz anders gekommen wäre. Und dass die Tatsache, dass sie nicht auch noch in ihrem Ehebett mit Timothy geschlafen hatte, ausgerechnet Hazel McGregor zu verdanken war.

Hätte ich das doch bloß nicht …, sie unterbrach diesen Gedanken sofort und verwünschte sich selbst für die eigentlich höchst romantische Idee, Michael seinen Ehering zurückzugeben.

Die Stimmung zwischen ihnen glich nun einer Eiszeit. Die verliebte Zärtlichkeit und das heiße, begehrliche Verlangen waren mit einem Mal wie durch einen schrecklichen Fluch verschwunden. Wie zwei vollkommen Fremde lagen sie jetzt nebeneinander – splitternackt wie zum Hohn. Sie vermieden es, sich zu berühren, als hätte einer von ihnen die Pest und der andere wollte sich nicht anstecken. Jetzt konnten sie sich nicht einmal mehr ansehen.

Samantha fing trotz der Sommerwärme zu frösteln an und hüllte sich in die seidene Tagesdecke ein. Wie eine eiskalte blaue Mumie lag sie nun da – direkt neben dem Mann, den sie liebte. Und war ihm dabei doch so fern.

Verzweifelt starrte sie an die Zimmerdecke und zerbrach sich den Kopf. Sie fragte sich, ob sie es jemals schaffen würden – ob sie auch nur den leisesten Funken einer Chance hatten, es wirklich zu schaffen –, die verheerenden Vorkommnisse der letzten Wochen zu überwinden.

»Ich glaube, Colin ist wach.« Michaels Worte schnitten sich in ihre Gedanken, als er aufstand. »Ich werde mal nach ihm sehen.«

Zunächst wunderte sie sich darüber, Colin nicht gehört zu haben, aber dann verstand sie, dass es nur ein Vorwand war.

Michael suchte sich indes hastig seine Anziehsachen zusammen, die verstreut auf dem Fußboden lagen, und ergriff die Gelegenheit zur Flucht.

3

In den nächsten Tagen erwähnten sie den peinlichen Vorfall nicht mehr und gaben sich freundschaftlich bemüht. Meistens waren ohnehin Dienstboten oder ihr kleiner Sohn in der Nähe und beanspruchten ihre gesamte Aufmerksamkeit, sodass gar kein Raum für weitere Intimitäten blieb. Und wenn sie doch einmal allein in einem Zimmer waren, sorgte einer von ihnen schon dafür, dass es nicht mehr so weit kam. Das Unausgesprochene hing zwischen ihnen wie eine dichte Wolke und wuchs von Stunde zu Stunde, von Tag zu Tag an. Und sie beide standen nur hilf- und tatenlos davor und sahen diesem Gebilde beim Wuchern zu. Aus Angst, sonst womöglich noch mehr Schaden anzurichten, als ohnehin bereits entstanden war. Aber inzwischen rückte auch noch der Tag näher, an dem Roberta, Henderson und Frank von ihrer Europareise zurückkehren sollten, und diese Tatsache belastete die Situation zusätzlich. Morgen sollte es bereits so weit sein.

Am Vorabend saßen Samantha und Michael gemeinsam mit Colin in der Küche beim Abendessen. Rose schrieb indes den Einkaufszettel für die kommende Woche, in der wieder mehr Hausbewohner zu versorgen sein würden. Frances hatte ein großes Papierbanner auf dem Fußboden ausgerollt und verzierte es mit bunten Farben für Hendersons Verabschiedung, die demnächst anstand. Und Clara schälte ausnahmsweise die Kartoffeln für den nächsten Tag, was eigentlich nicht zu ihren Aufgaben zählte, doch wegen des Willkommensmahls am nächsten Tag wurde jede Hand gebraucht.

Der kleine Colin nahm seiner Mutter einige Male den Löffel mit Kartoffelbrei aus der Hand und versuchte, damit seinen aufgesperrten Mund zu treffen. Die Damen des Personals kommentierten sein Bemühen voller Entzücken, während Michael gespielt in Deckung ging, damit seine Hose keinen Brei abbekam. Die eigenwilligen Essversuche sorgten offenbar für allgemeine Heiterkeit, doch Samantha fühlte sich, als würde sie jeden Moment explodieren. Ihr war kein bisschen zum Lachen zumute und sie war auch nicht bereit, diese künstliche Harmonie, die schließlich zu nichts führte, länger aufrechtzuerhalten. Als die Kinderfrau etwas später in die Küche kam, fasste sich Samantha spontan ein Herz.

»Ach, Mildred«, begann sie, »wären Sie vielleicht so nett und bringen Colin zu Bett? Mein Mann und ich wollten heute Abend mal wieder einen Spaziergang miteinander machen.« Sofort spürte sie Michaels erstaunten Seitenblick, wagte jedoch nicht, diesen zu erwidern.

Mildred nickte bereitwillig und entgegnete, sie hätte ohnehin nichts anderes vorgehabt.

Danach stand Samantha auf.

»Komm, Schatz«, sagte sie und sah auffordernd in Michaels Richtung, bis dieser sich ebenfalls erhob. Dann drückte sie Colin einen zärtlichen Kuss auf die blonden Locken. »Gute Nacht, mein kleiner Liebling! Schlaf gut und träum was Schönes! Mummy und Daddy sehen dann später noch nach dir.«

Michael tat es ihr gleich und folgte ihr etwas hölzern die Treppe aus dem Souterrain in die Halle hinauf. Bevor er es sich anders überlegen konnte, hatte sie ihn bereits an der Hand genommen und steuerte die Eingangstür an, die sie hinaus in den Park führte. Schweigend schritten sie eine der äußeren Freitreppen hinab, überquerten die Auffahrt und die dahinterliegende Rasenfläche, bis sie schließlich am Teich zum Stehen kamen. Eine Stockentenfamilie schwamm vor ihnen auf dem trüben Wasser herum. Auf der anderen Seite in der Nähe des gegenüberliegenden Ufers zog ein Schwan lautlos seine Kreise. Michael seufzte geräuschvoll und sah Samantha an.

»Und nun?«, fragte er, woraufhin sie seine Hand losließ.

»Das wollte ich gerade dich fragen.« Sie erwiderte seinen Blick und zwang sich zu einem Lächeln. »Ist es das etwa schon gewesen mit unseren Bemühungen, es noch einmal miteinander zu versuchen?«

»Keine Ahnung«, schnaubte er und raufte sich das Haar. »Ehrlich gesagt, ich habe es mir einfacher vorgestellt.«

»Wirklich? Ich nicht.« Sie nickte, wie um sich selbst zu bestätigen. »Ich habe genau so etwas befürchtet. Dass die Erinnerung an das, was gewesen ist, uns einen Strich durch die Rechnung machen wird.«

»Aber was können wir gegen diese Erinnerungen schon ausrichten? Nichts – rein gar nichts. Sie kommen einem einfach in den Kopf, wann sie wollen, und man hat keinerlei Kontrolle darüber.« Er verschränkte die Arme vor der Brust und kickte trotzig mit der Schuhspitze einen Stein am Teichufer hin und her.

»Natürlich können wir nichts gegen diese Erinnerungen ausrichten – da hast du recht. Aber immerhin haben wir die Chance, gemeinsam neue Erinnerungen zu schaffen und diese über die alten zu legen. Und zwar so lange, bis nichts mehr wehtut.« Sie trat einen Schritt auf ihn zu, schlang ihre Arme um seinen Oberkörper, der sich in diesem Moment wie eine uneinnehmbare Festung anfühlte, und schmiegte sich zärtlich an ihn. »Hm, was meinst du?«

Es dauerte seine Zeit, aber dann löste er sein störrisches Gebaren auf und erwiderte ihre Umarmung. Eine gefühlte Ewigkeit lang standen sie in inniger Nähe beieinander und hielten sich einfach nur fest. Dann bewegten sie sich im Fluss der wiedererlangten Harmonie von dem kleinen Gewässer weg in Richtung des Parks, wo die alten

Bäume hoch in den Himmel ragten. Eine ganze Weile lang sprachen sie nicht, genossen nur den Moment, der bereits einen Auftakt – ja eine neue Erinnerung – darzustellen vermochte.

»Denkst du eigentlich noch oft an ihn?«, fragte Michael dann unvermittelt in die schier greifbare Stille hinein.

Sie sah ihn völlig überrascht an.

»An Timothy?« Sie lachte auf und schüttelte energisch den Kopf. »Nein, überhaupt nicht.« Als Reaktion darauf zog er nur die Augenbrauen hoch und schnaubte vernehmbar. Da er von ihrer Antwort nicht überzeugt zu sein schien, redete sie einfach weiter. »Timothy ist für mich inzwischen meilenweit entfernt, und ich nehme es dir nicht übel, wenn du mir das nicht glaubst. Ehrlich gesagt, ich wundere mich selbst darüber. Ich habe wirklich angenommen, dass er in Zukunft zu meinem Leben gehören würde. Das wäre auch der einzige Sinn gewesen, den ich in der Trennung von dir hätte sehen können. Nämlich, dass er – und nicht du – zu mir gehört. Tatsächlich habe ich aber kein einziges Mal mehr an ihn gedacht, seit du bei mir in *Stoney Lane* vor der Tür gestanden hast. Erst dann wieder, als wir bereits auf Cardington Manor waren, und ich gemerkt habe, was für eine blöde Idee es gewesen ist, dass ich dir den Ring an den Finger gesteckt habe. Da ist Timothy plötzlich wie ein riesengroßes Phantom in unserem Schlafzimmer aufgetaucht. Allerdings hat er sich wohl in deinem Kopf zuerst eingenistet und danach erst in meinem. Von selbst hätte ich in dem Moment bestimmt nicht an ihn gedacht. Aber wenn du wissen möchtest, was in mir vorgeht – ich denke fast ununterbrochen an einen gewissen Michael. Der wiederum scheint jedoch dauernd an Timothy zu denken und wahrscheinlich vergleicht er sich auch noch mit ihm. Dabei gibt es da doch gar nichts zu vergleichen, denn besagter Michael läuft für mich außer Konkurrenz.«

»Na ja … nicht ununterbrochen, aber manchmal eben schon«, brummte er. »Aber die meiste Zeit denke ich an dich und daran, ob wir jemals wieder miteinander schlafen werden. So wie früher, meine ich.«

»Das wünsche ich mir doch auch. Aber vielleicht sollten wir diesen immensen Druck aus der Situation nehmen. Vielleicht sollten wir stattdessen einfach versuchen, uns auf einer freundschaftlichen, vertrauten Ebene wieder anzunähern. Dann kommt die Unbefangenheit vielleicht ganz von selbst zurück.« Mit hoffnungsvollem Blick sah sie ihn an, während er über ihre Worte nachdachte.

»Ja, vielleicht … vielleicht hast du recht.« Er legte seinen Arm um ihre Schultern und küsste sie aufs Haar. »Das ist natürlich alles nur rein freundschaftlich gemeint«, sagte er und schnaubte lachend, als würde er seinen eigenen Worten nicht glauben.

»Natürlich«, erwiderte sie und grinste ihn an. »Was auch sonst?«

»Ich schätze, es war einfach noch zu früh dafür«, resümierte Michael nach einer Weile.

»Ja, bestimmt war es das – viel zu früh.«

»Einfach da weiterzumachen, wo wir mal aufgehört hatten, trotz allem, was vorgefallen ist …« Er schüttelte den Kopf und lachte auf. »Wir sind schon gut, wir beide.«

»Und dazu noch ganz schön blauäugig«, fügte sie hinzu und teilte seine Heiterkeit erleichtert.

»Wahrscheinlich war es meine Schuld, aber ich hatte einfach gleich wieder so eine Lust auf dich.«

»Aber Michael, das ist doch blanker Unsinn. Wenn du unbedingt von Schuld sprechen möchtest, dann war es ebenso meine Schuld, weil ich auf dich genauso heiß war.«

Er quittierte diesen Satz mit einem Kuss auf ihre Stirn und drückte sie innig an sich, während sie gemeinsam das grüne Dickicht immer weiter durchschritten.

»Es gibt wesentlich schlechtere Voraussetzungen für einen Neuanfang, finde ich«, sagte er schließlich.

»Das finde ich aber auch.« Sie legte ihren Kopf an seine Schulter.

»Sammy, mir kommt da gerade eine großartige Idee! Wir tun künftig einfach so, als dürften wir aus irgendeinem Grund nicht miteinander schlafen. Wir dürfen es um keinen Preis, verstehst du? So klammern wir das leidige Thema einfach aus, weil es gar nicht mehr zu solch schmerzhaften Situationen kommen kann, bei denen uns die Vergangenheit in die Quere kommt. Was hältst du davon?«, rief er und brachte sie mit seiner plötzlichen Begeisterung zum Lachen.

»Das klingt wirklich nach einer großartigen Idee, aber ich fürchte, das Thema wird dadurch nicht ausgeklammert, sondern es wird eher an Wichtigkeit zunehmen ...«

»Ja, das mag sein, aber doch aus anderen Gründen«, unterbrach er sie. »Wir werden uns irgendwann so sehr nacheinander verzehren, dass keiner von uns auch nur eine Millisekunde an *den tollen Timothy* denken wird, du wirst sehen.« Samantha lachte über die Art, in der er den Namen seines Rivalen ausgesprochen hatte, und schüttelte den Kopf.

»Vielleicht sollte ich es noch einmal und mit aller Deutlichkeit klarstellen: Ich denke selten – eigentlich so gut wie nie – an Timothy. Und wenn, dann meistens mit Wut im Bauch.«

»Ach ...« Er sah sie verblüfft an. »Du bist wütend auf ihn? Ist das wahr? Das habe ich gar nicht gewusst.« Seine Mimik hellte sich ein wenig auf.

»Ja und nein. Es fühlt sich zwar so an, als wäre ich auf ihn wütend, aber eigentlich bin ich eher wütend auf mich selbst. Weil ich nicht gesehen habe, wie er wirklich ist. Vielmehr wollte ich es nicht sehen, obwohl ich es wirklich hätte besser wissen müssen.«

»Warum hättest du es besser wissen müssen?«

»Weil Timothy und ich uns bereits ein paar Jahre zuvor …« Sie zögerte kurz auf der Suche nach einem neutralen Wort, um Michael nicht gleich wieder in die Flucht zu schlagen. »… begegnet sind. Zu der Zeit hatte ich gerade wieder eine heftige Krise mit Charles. Timothy ist damals wie aus dem Nichts aufgetaucht, er hat einfach plötzlich vor mir gestanden. Ich war an diesem Abend todunglücklich und hatte dazu noch einen heftigen Champagnerschwips. Deshalb bin ich ihm wohl auch auf den Leim gegangen.«

»Das ist an Charles vierzigstem Geburtstag gewesen, nicht wahr?« Michael nickte, weil sich für ihn aus einzelnen Informationsfragmenten langsam ein vollständiges Bild ergab.

Samantha nickte ebenfalls. »Ja, stimmt. An diesem Abend hat er sich eigentlich nur an Charles rächen wollen, indem er versucht hat, mich zu verführen. Und um ein Haar wäre es ihm auch gelungen.«

»Ist es also nicht …?«

»Nein.« Sie atmete geräuschvoll aus. »Ich muss allerdings zugeben, dass es nicht an mir gelegen hat. In meinem Kummer wäre ich in dieser Nacht zu allem bereit gewesen.«

»Und warum ist es dann nicht … Ich meine, was ist dann passiert?«

»Sein Vater – also Anthony – hat es in letzter Sekunde verhindert, weil er seinen Sohn gesucht hat.«

»Anthony also.« Michael musste lächeln. »Er ist dir wohl schon damals ein guter Freund gewesen.«

»Ja, aber so habe ich es in dieser Nacht noch nicht gesehen«, sagte sie matt. »Ich stand zu dieser Zeit unter einem solch immensen Druck von Charles, dass ich mir wünschte, Timothy hätte mir ein Kind gemacht, damit Charles mich endlich in Ruhe ließ. Was für ein Irrsinn!«

Sie schüttelte den Kopf und starrte eine Weile vor sich hin, ehe sie weitersprach. »Es ist übrigens auch Anthony gewesen, der mir erst kürzlich von der Beziehung mit seinem Sohn abgeraten hat.«

»Oha, dann ist er also auch mir ein guter Freund. Ein sehr guter sogar, aber das habe ich eh schon gewusst.« Dann fragte er in süffisantem Tonfall: »Und er hält wohl nicht allzu viel von seinem Spross, was?«

»Zumindest nicht in charakterlicher Hinsicht. Dagegen scheint er Timothy für begnadet zu halten, was den Umgang mit Pferden betrifft.«

»Und was ist es jetzt, was dich an der Sache noch immer so wütend macht?«

»Dass ich mich überhaupt auf ihn eingelassen habe. Ich habe doch selbst erlebt, wozu er imstande ist, und gewusst, dass er charakterlich mehr als fragwürdig einzustufen ist.«

»Mir hat Anthony damals nach meinem Unfall erzählt, dass Timothy sich in der Nacht von Charles' Geburtstag unsterblich in dich verliebt haben soll – quasi als Strafe für seine niederen Beweggründe. Du kannst dir wenigstens zugutehalten, dass du dich bei eurem Wiedersehen schon wieder in einer Krise befunden hast – nur diesmal eben mit mir.«

»Ja, diesmal mit dir.« Ihre Stimme klang auf einmal traurig. »Es hat sich für mich angefühlt, als würden wir da nie mehr herauskommen, Michael. Nie mehr – verstehst du? Unsere Probleme waren für mich wie ein einziger Teufelskreis, aus dem es keinen Ausweg zu geben schien. Ich weiß nicht, ob mir jemals irgendetwas so wehgetan hat wie diese Krise mit dir. Und dann ist schon wieder Timothy in meinem Leben aufgetaucht – als wäre er vom Himmel gefallen. Nur diesmal hat er von Liebe gesprochen und dass er für immer mit mir zusammenbleiben will. Er hat mir einfach all das versprochen, was zwischen

dir und mir nicht mehr funktioniert hat.«
»Ich verstehe …« Michael nickte erst nachdenklich.
Schließlich begann er zu lachen. »Timothy, der Krisenmanager! Der Retter der vernachlässigten Ehefrauen! Es
ist wirklich nicht schwer, jemanden für sich zu gewinnen,
der gerade in einer handfesten Krise steckt. Man muss
einem Menschen doch nur zuhören und man weiß sofort,
auf welche Knöpfe man drücken muss, um ihn für sich
einzunehmen. Ganz schön clever, der Bursche.«
»Du hast recht – leider. Und ich war in meiner Not
sehr empfänglich dafür. Ich habe mich zwar zuerst mit
aller Kraft gegen seine Annäherungen gewehrt. Aber es
hat mir auch gutgetan, so verzehrend geliebt und gewollt
und begehrt zu werden. Dann kam auch noch dieses Telefonat, als du behauptet hast, du wärst wieder mit Patricia
zusammen. Das hat sich angefühlt, als würde ich den Boden unter den Füßen verlieren.« Die bloße Erinnerung
daran trieb ihr die Tränen in die Augen, und sie sah ihn
von der Seite an. »Aber ich hatte ja keinen Grund, an deiner Ehrlichkeit zu zweifeln. Ich habe mich aus Kummer
auf Timothy eingelassen, damit ich den Schmerz nicht
mehr so spüre. Das ist so dumm von mir gewesen. Anstatt
einen Weg zu suchen, damit wir unsere Probleme gemeinsam lösen, habe ich mich in seine Arme geflüchtet.«
Michael blieb abrupt stehen, hielt sie auf Abstand in
den Armen und sah ihr fest in die Augen.
»Sammy, wenn ich irgendetwas in meinem Leben bereue, dann diese Lüge – diese unheimlich dumme und
überflüssige Lüge. Sie hat den ganzen Schlamassel nur
noch schlimmer gemacht.«
Sie küsste ihn auf den Mund, ehe sie entgegnete: »Und
ich hätte dir einfach nicht glauben dürfen und Timothy
weiterhin widerstehen sollen. Aber du hattest mich bis
dahin doch noch nie belogen, weshalb hätte ich dir also
nicht glauben sollen?«

»Tja, wenn wir hätten voraussehen können, wie alles kommt, hätten wir es sicher verhindert.« Michael lachte und sein Blick fiel auf seine Armbanduhr.

»Wie spät ist es denn?« Sie merkte erst in diesem Moment, dass ihr über die Unterredung jegliches Zeitgefühl abhandengekommen war, und richtete ihren Blick auf den bereits dämmernden Abendhimmel.

»Gleich neun.«

»Was? Schon so spät? In gut zwölf Stunden sollten wir doch bereits in Heathrow sein.«

»Dann wird das eine ziemlich kurze Nacht werden, denn der Verkehr am frühen Morgen ist alles anderes als ein Vergnügen. Lass uns besser sofort zurückgehen, Liebling.«

»Du hast recht.«

Dennoch blieben sie weiterhin stehen und sahen sich an. Verliebt. Und mit der Überzeugung im Blick, dass sie auch an dieser Krise wachsen würden. Gemeinsam.

»Nur noch ein halber Tag. Ihre Rückkehr ist plötzlich zum Greifen nah«, sagte sie. »Mein Gott, ich freue mich schon so auf die drei. Besonders natürlich auf unseren Frank.«

»Ja, mir fehlt er auch. Das spüre ich ganz besonders jetzt, wo wir über alles geredet haben.« Er zog sie innig und mit spürbarer Erleichterung in seine Arme, bevor sie endlich den Rückweg antraten.

Nach einer Weile, als das Haupthaus bereits in Sichtweite kam, fragte Samantha: »Meinst du, wir sind das Phantom nun schon losgeworden, weil wir darüber gesprochen haben? Und weil du jetzt weißt, dass Timothy mir nichts mehr bedeutet?«

»Keine Ahnung«, gab er zurück. »Aber es scheint mir ein wenig verblasst zu sein, denn der Schönling hat inzwischen deutlich von seiner Strahlkraft verloren.« Michael grinste zufrieden und voller Genugtuung in sich hinein.

4

In der Nacht hatte es geregnet. Der nasse Straßenbelag glänzte und glitzerte im Licht der Scheinwerfer und machte gleichzeitig den Anschein, als würde er sich mit der aufgehenden Morgensonne in feinem Nebel auflösen. Samantha und Michael hatten Colin mitgenommen, um das Empfangskomitee zu verstärken. Obwohl sie den Kleinen dafür aufwecken mussten, war er eindeutig der Munterste und Fröhlichste unter ihnen und krähte vergnügt aus seinem Kindersitz auf der Rückbank.

»Bin ich froh, dass wir so eine Tortur nicht öfter machen müssen«, sagte Samantha und nahm einen Schluck heißen Kaffee aus der Thermoskanne, die ihnen Rose kurz vor der Abfahrt noch gerichtet hatte. Dann reichte sie den Becher an Michael weiter. »Ich denke gerade darüber nach, wann ich zuletzt so früh irgendwohin gefahren bin. Das muss in der Zeit gewesen sein, als ich noch im Waisenhaus in Lamberhurst gearbeitet habe. Damals hat es mir gar nicht so viel ausgemacht, aber da hatte ich ja auch noch keine eigenen Kinder. Das kommt mir alles inzwischen vor, als wäre es eine Ewigkeit her. Nein, das ist eindeutig nicht mehr meine Uhrzeit.«

»Dafür bist du aber schon sehr gesprächig«, brummte Michael und nahm grinsend den Kaffee entgegen. Sie wollte ihn dafür in die Seite knuffen, tat es dann aber doch nicht, weil er ihr demonstrativ den noch gefüllten Becher entgegenstreckte.

»Hast du ein Glück«, sagte sie gespielt erbost und lachte.

»Ja, man sollte als Mann immer ein Heißgetränk zur Hand haben.« Er trank noch einmal und gab ihr seine Lebensversicherung wieder zurück.

Nachdenklich nahm auch sie noch ein paar Schlucke von dem starken Kaffee, schraubte danach die leere Kappe auf die Metallkanne und sagte dann: »Ich freue mich jetzt schon so sehr auf Roberta. Endlich einmal wieder ungestört und in Ruhe mit ihr reden können – mein Gott, wie mir das gefehlt hat! Vielleicht kann ich sie ja später zu einem Spaziergang überreden, wenn sie nicht zu erschöpft ist von der Reise. Vielleicht gleich nach dem Mittagessen.«

»Ach, es geht doch nichts über eine gemütliche Plauderei unter Frauen«, feixte er in schwärmerischem Tonfall und ging gleichzeitig in Deckung, indem er von ihr so weit abrückte, wie es der Fahrersitz zuließ.

»Ich erinnere dich ungern, aber du hältst in diesem Moment kein Heißgetränk mehr in der Hand, ich habe also freies Feld. Außerdem unterhalten sich Männer doch auch ganz gerne, wie ich erst kürzlich wieder erfahren habe.«

»Da hast du natürlich vollkommen recht, mein Schatz.« Er nahm ihre rechte Hand und küsste sie.

»Aber sag mal, möchtest du uns vielleicht begleiten, Roberta und mich?«, fragte sie zuckersüß und musste allein bei der Vorstellung unwillkürlich lachen.

»Würde ich ja liebend gerne, meine Liebe, aber leider, leider habe ich später ein paar dringende Telefonate zu erledigen. Wirklich zu schade!«, parierte er und grinste. »Aber vielleicht entschuldigst du mich bei deiner Freundin?«

»Was sind das denn für dringende Telefonate? Etwa wieder ein neuer Auftrag?«, fragte sie nun in normalem Tonfall.

»Das kann ich dir im Augenblick noch nicht verraten, aber du wirst es bald erfahren. Du als Erstes, mein Liebling.« Jetzt knuffte sie ihn tatsächlich in die Seite.

»Was bist du nur für ein alter Geheimniskrämer!«

Etwa anderthalb Stunden später erreichten sie ihr Ziel und stellten das Auto auf dem Parkplatz für Besucher ab. Colin wurde in seinen Sportwagen gesetzt, und gemeinsam machten sie sich auf den Weg zur Ankunftshalle. Die helle und freundliche Großzügigkeit des Wartebereichs tat ihnen gut nach der langen Fahrt zu ungewohnter Uhrzeit. Das Flugzeug aus Madrid war noch nicht gelandet, befand sich aber offenbar bereits im Landeanflug. Sie blieben in der Nähe der Anzeigetafel und befreiten Colin aus seinem Buggy, damit er sich zwischen den beiden langen Fahrten ein wenig bewegen konnte. Der Kleine lief daraufhin unter den wachsamen Augen seiner Eltern in der Halle umher. Mit großem Vergnügen und viel Ausdauer umrundete er immer wieder die massiven weißen Stahlträger, die die Konstruktion des modernen Bauwerks stützten. Nebenbei entzückte er Reisende wie deren Abholer mit seinem strahlenden Kinderlächeln und indem er ihnen Kusshände zuwarf.

»Jetzt komm mal zu mir her, du kleiner Räuber«, sagte Michael nach einer Weile und hob ihn auf den Arm. »Ich glaube, dein Bruder Frank ist gerade gelandet. Zusammen mit deiner lieben Oma Roberta und unserem guten Henderson. Jetzt holen sie nur noch ihr Gepäck.«

Er zeigte auf soeben gelandete Urlauber jenseits der Absperrung, die polternd ihre Rollkoffer hinter sich herzogen.

»... und dann kommen sie dort durch diese Tür zu uns.« Er deutete nun auf eine geschlossene Schiebetür, die immer wieder Reisende ausspuckte, die kurz danach – auf der anderen Seite der Absperrung – von ihren Angehörigen in Empfang genommen wurden. Colin quittierte ihm seinen Vortrag mit einem begeisterten Quietschen und ließ sich widerstandslos in seine Karre verfrachten.

»Schau nur, jetzt sind sie schon am Gepäckband«, sagte Samantha nach einem Blick zum Flugverzeichnis zu

Michael, und wurde vor Freude ganz ausgelassen.

Nach einer endlos scheinenden Weile und vielen fremden Menschen, die in der geöffneten Schiebetür erschienen und den Empfangsbereich kurz darauf wieder verließen, erspähten Michael und Samantha endlich das strahlende, sonnengerötete Gesicht von Frank. Hinter ihm waren auch Roberta und Henderson zu sehen, die lächelnd, aber etwas verhalten winkten. Mit einem Aufschrei kam der Junge überglücklich auf seine Eltern zugelaufen. Er konnte es offenbar kaum noch erwarten, bis er zu ihnen durchgelassen wurde, und flog ihnen dann auch direkt in ihre Arme.

»Mummy! Daddy!«

»Frank, mein Schatz, da bist du ja wieder«, sagte Samantha mit Tränen in den Augen und bedeckte seine Sommersprossen mit ihren Küssen. »Du hast uns so sehr gefehlt!«

»Hey, mein Großer!«, rief Michael und hob ihn dann hoch in die Luft und wirbelte ihn herum. »Bist du aber schwer geworden! Hast wohl zu viel Spaghetti und Paella gegessen!«

Als er wieder Boden unter den Füßen hatte, schaute Frank sich suchend um und fragte enttäuscht: »Aber wo ist denn Robin? Habt ihr ihn denn etwa gar nicht mitgebracht? Wo ich mich doch schon so auf ihn gefreut habe …« Er machte ein trauriges Gesicht.

»Das konnten wir doch nicht«, antwortete sein Vater. »Seine Gitterbox hätte nicht ins Auto gepasst – bei so vielen Menschen und dem ganzen Gepäck.«

»Ach so …«, kam es noch immer enttäuscht zurück.

»Du wirst ohnehin während der Rückfahrt auf dem Notsitz im Kofferraum sitzen müssen, damit wir alle reinpassen.« Mit diesem Satz erntete Michael einen jähen Freudenschrei und ein Strahlen, weil dies bekanntlich schon lange Franks Wunsch gewesen war.

Der Junge erwiderte daraufhin versöhnlich:»Auf diesem glatten Boden hier würde sich Robin auch bestimmt nicht wohlfühlen.«

Weil Colin in dem Moment zu krakeelen begann, sagte Michael:»Aber schau doch mal, wen wir dir mitgebracht haben! Dein kleiner Bruder kann es kaum noch erwarten, dich zu begrüßen.«

Inzwischen hatten auch Roberta und Henderson die junge Familie erreicht, und endlich kamen die Erwachsenen an die Reihe, sich zu umarmen.

»Roberta! Es ist wunderbar, dass ihr wieder da seid! Wir haben euch schrecklich vermisst!« Samantha fiel ihrer Freundin um den Hals und drückte sie innig.»Und ganz besonders ich dich«, fügte sie noch flüsternd hinzu.

»Oh, wie lieb von dir! Ja, ihr habt mir auch alle gefehlt. Und es ist wirklich reizend, dass ihr uns abholen kommt!«, rief Roberta. Ihr Teint war braun gebrannt und bildete einen hübschen Kontrast zu ihren hellblauen Augen und dem silbernen Haar.

»Ja. Auch ich danke Ihnen für den überaus freundlichen Empfang!«, sagte nun auch Henderson.

»Habt ihr denn alles gut überstanden?«

»Ja, aber es war am Ende doch eine ziemlich lange Zeit.«

»Wie hat es euch denn gefallen, vier Wochen fort von zu Hause zu sein und in verschiedenen Hotels zu wohnen?«

»Ach, es war großartig, so viele Länder und Sehenswürdigkeiten zu besuchen, die man sonst nur aus dem Fernsehen oder aus Reiseführern kennt.«

»Und wie war der Flug?«

»Gut. Aber jetzt sind wir froh, wieder gut gelandet zu sein.«

»Und ich habe den Eiffelturm gesehen! Und das Kolosseum!«, rief Frank mitten hinein.

»Das meiste war wirklich äußerst beeindruckend.«

»Aber man kann gar nicht so viel aufnehmen, wie es zu bestaunen gäbe.«

Im Überschwang der Wiedersehensfreude redeten alle kreuz und quer durcheinander, und als sichergestellt war, dass auch jeder jeden begrüßt hatte, begaben sie sich in Richtung Parkplatz.

Auf der Rückfahrt war es vor allem Frank, der von sämtlichen Reiseetappen wahre Abenteuer zu berichten wusste und diese auch noch wortreich und dramatisch ausschmückte. Sein kleiner Mund stand keine Sekunde lang still. Roberta und ihr Richard saßen nur daneben, sprachen kaum ein Wort und lächelten bei Blickkontakt ein wenig gequält zurück, wie es Samantha vorkam.

»Und ihr Erwachsenen seid wahrscheinlich noch sehr müde von den ganzen Strapazen der Reise«, sagte sie zu den beiden, begleitet von einem fürsorglichen Lächeln.

»Ja, doch, ein wenig ...«, kam es wortkarg zurück.

Samantha beließ es dabei und wandte sich wieder nach vorne. Nach einer Weile klappte sie den Kosmetikspiegel ihrer Sonnenblende herunter, um mit ihrer Freundin in Augenkontakt zu treten, doch diese schüttelte nur unmerklich den Kopf. Daraufhin gab Samantha vor, eine unsichtbare Wimper aus ihrem Augenwinkel entfernen zu müssen, schloss die Blende danach wieder und gab das Unterfangen damit auf.

Es stimmte also und ihr Gefühl trog sie nicht: Irgendetwas musste während der Reise zwischen den beiden Verlobten vorgefallen sein. Unter Franks Redeschwall verging die Fahrt trotzdem wie im Nu, und die etwas klamme Stimmung schien außer Samantha niemandem aufzufallen.

Endlich kam Cardington Manor in Sicht, und der Kies der Auffahrt knirschte vertraut unter den Reifen. Vor den beiden Freitreppen zeichneten sich die Silhouetten der

Bediensteten ab, die sich zu Ehren des Empfangs der Weitgereisten versammelt hatten. Um sie herum sprang ein Hund mit rötlichem Fell.

»Da ist ja auch Robin!«, schrie Frank und jetzt hielt ihn nichts mehr auf seinem Sitz.

»Ach, wie schön es ist, wieder zu Hause zu sein«, sagten Roberta und Henderson fast unisono, und als sich bei diesem Anblick ein Lächeln auf ihre Gesichter legte, spiegelte es reine Vorfreude wider.

Der Wagen hielt direkt vor dem Haupthaus. Leichtfüßig sprangen die beiden hinaus, gefolgt von Frank, der sofort seinen Hund in die Arme schloss. Prompt wurden sie von der Köchin Rose, der Haushälterin Frances, der Kinderfrau Mildred und dem jungen Hausmädchen Clara auf das Herzlichste begrüßt und umarmt. Einzig Jefferson stand etwas unbeteiligt daneben und wartete, bis man ihn vorstellte. Das übernahmen sogleich Samantha und Michael, die mit dem schlafenden Colin auf dem Arm die Nachhut bildeten.

»Liebe Roberta, lieber Henderson, dürfen wir euch Jefferson vorstellen? Er arbeitet hier seit Kurzem als Hausdiener«, sagte Michael.

»... und er hat sich schon hervorragend eingearbeitet«, ergänzte Samantha und brachte Jefferson damit prompt in Verlegenheit.

»Jefferson, das sind Mrs Gilchrist und Mr Henderson.«

Roberta reichte dem Diener etwas zögernd die Hand und musterte ihn dabei nachdenklich.

Dieser schien davon nichts zu bemerken und begrüßte sie mit einer höflichen Verbeugung. Bei Henderson allerdings verfiel er in eine Art ehrfürchtige Anbetung.

»Es ist mir eine wirklich außerordentlich große Ehre, Sie persönlich kennenzulernen, Mr Henderson, Sir!«

»So? Ist es das? Sehr freundlich von Ihnen, junger Mann.« Henderson schien zu angestrengt von der Reise, um sich über dessen Beweggründe Gedanken zu machen oder nachfragen zu wollen. Stattdessen wandte er sich wieder den anderen zu.

»Rose hat extra einen Shepherd's Pie für Sie gemacht, Mr Henderson!«, platzte es aus Clara heraus, die sich dafür den strafenden Blick der Köchin zuzog.

»Verdirbst mir die ganze Überraschung, du vorlautes Ding!«, schimpfte Rose, während Clara sogleich in Deckung ging.

»Ich schwöre Ihnen, ich habe während der ganzen Fahrt dichtgehalten«, sagte Michael in die Richtung von Rose und hob drei Finger in die Luft. »Großes Indianerehrenwort! Obwohl ich auf der Rückfahrt zugegebenermaßen kaum an etwas anderes denken konnte.« Mit dieser Schmeichelei brachte er Rose ihre gute Laune wieder zurück.

»Oh, wirklich? Das ist aber fein! Shepherd's Pie ist doch mein Leibgericht!«, rief Henderson und strahlte dabei über das ganze Gesicht. Er bewegte sich daraufhin in Richtung des Eingangs, und Jefferson stand nur da und starrte ihm voller Bewunderung hinterher.

»Vor allem nach dem Essen im restlichen Europa«, ergänzte Roberta und verdrehte die Augen. »Nicht, dass es wirklich schlecht gewesen wäre, aber es ist eben nicht so wie unser gewohntes englisches Essen.«

»Daheim ist eben daheim«, fügte Samantha schmunzelnd hinzu.

Jefferson brachte noch die Koffer ins Haus und dann begaben sie sich alle gemeinsam ins Souterrain, wo in der großen, gemütlichen Küche bereits der Tisch für alle gedeckt war.

5

Nach einem ausgelassenen Mittagessen, das wahrlich den Anstrich eines Festmahls hatte, verfolgte jeder seine eigenen Pläne. Michael wollte sich nach oben ins Arbeitszimmer zurückziehen, um dort weitere geheimnisvolle Telefonate zu führen. Er küsste seine Söhne, die zu beiden Seiten neben ihm saßen, und verabschiedete sich mit einem Zwinkern quer über den Tisch von Samantha. Rose, Frances und Clara machten sich daran, das Geschirr zu spülen und die Küche aufzuräumen. Frank befreite davor noch schnell die Backform von den letzten Resten des lauwarmen Apple Crumbles, den es zusammen mit Vanilleeis zum Nachtisch gegeben hatte. Robin saß indes unter dem Tisch, wohl in der Hoffnung, dass etwas davon zu Boden fiel. Danach spazierten die beiden zusammen mit Mildred Boyle hinüber ins Waisenhaus. Dort warteten schon Franks Freunde auf ihn und er hatte ihnen heute eine Menge zu erzählen.

»Aber gib bitte nicht vor den anderen Kindern an, hörst du?«, gab Samantha ihm noch mit auf den Weg. »So eine tolle Reise hätte bestimmt jeder deiner Freunde gern gemacht.«

»Ist gut, Mummy«, sagte er und gab ihr noch einen Kuss zum Abschied.

Jefferson war bereits unauffällig verschwunden, um das Gepäck zu den Zimmern der Reisenden zu tragen und es war ihm offensichtlich eine besondere Ehre, Mr Henderson damit behilflich sein zu dürfen.

Samantha und Roberta hatten vor, gemeinsam mit Colin hinaus in den Park zu gehen – für einen ausgedehnten Spaziergang und eine ebensolche Unterhaltung, die nach all den Wochen fällig war.

Henderson entschuldigte sich, weil er sich nach dem ganzen Trubel etwas ausruhen wollte. Colin tat es ihm gleich und schlief um ein Haar sitzend in seinem Kinderstühlchen ein. Samantha trug ihn rasch durch einen Seitenausgang hinaus und verfrachtete ihn dort in seinen Sportbuggy, der vor dem Dienstboteneingang geparkt war. Gefolgt von Roberta, schob sie ihn zu einem schattigen Spazierweg, und nach wenigen Metern war der Kleine vollends eingeschlafen.

»Sag mal, was war denn das vorhin mit dir und Jefferson?«, fragte Samantha mit einem verwunderten Lachen. »Du hast ihn so komisch angesehen und nicht einmal gelächelt – so kenne ich dich gar nicht.«

»Ich weiß nicht, was mit diesem Burschen ist. Jedenfalls habe ich das Gefühl, dass ich ihn irgendwoher kenne und ich werde auch noch darauf kommen, woher.«

Dann gingen die beiden Frauen eine ganze Weile schweigend nebeneinanderher.

Obwohl sie spürte, dass es ihrer Freundin schwerfiel, darüber zu sprechen, fasste sich Samantha irgendwann ein Herz und fragte leise: »Möchtest du mir vielleicht jetzt anvertrauen, was mit dir los ist? Ich fühle doch schon die ganze Zeit, dass dich etwas beschäftigt und dir heftig zusetzt.«

Roberta atmete tief durch, ehe sie zu sprechen bereit war.

»Eigentlich gibt es nicht viel zu erzählen, außer dass ich Richard nicht heiraten werde. Ich kann es einfach nicht tun.« Samantha sah ihre Freundin, die inzwischen das Schieben des Wagens übernommen hatte, ungläubig von der Seite an. Mit unbewegter Miene hielt Roberta den Blick fest auf den Weg gerichtet, der in der Nachmittagssonne blendend hell erschien.

»Muss ich das jetzt verstehen, Roberta?«

»Wie solltest du es denn verstehen können? Ich verstehe es ja selbst nicht.« Als würden die alten Bäume des Parks ihre Beweggründe begreifen, hoben sie in diesem Moment zu einem einstimmigen Rascheln ihrer Blätter an, das wie rauschender Applaus klang.

»Damit habe ich jetzt wirklich nicht gerechnet. Ich dachte, du warst so verliebt in ihn.«

»Ja, natürlich, das war ich auch. Ich bin es ja noch heute.«

»Aber aus welchem Grund dann diese Entscheidung?«

»Aus keinem bestimmten …«, unterbrach sie sich und atmete einmal tief durch. »Es ist einfach so ein Gefühl.«

»Einfach so ein Gefühl? Wie oft, denkst du, hat man im Leben die Chance, einen guten Partner kennenzulernen?« Roberta antwortete darauf nicht und Samantha schüttelte den Kopf. »Ihr seid beide frei und ungebunden, habt euch ineinander verliebt, passt – in meinen Augen – hervorragend zusammen und könntet jetzt euren Lebensabend gemeinsam als Paar genießen. Wo ist denn bitte das Problem?« Als Antwort kam nur ein Achselzucken.

»Aber … aber heißt das, dass ihr jetzt offiziell getrennt seid oder dass du nur die Verlobung gelöst hast? Oder ist die Hochzeit nur auf unbestimmte Zeit verschoben?«

»Ich denke, das kommt alles fast auf dasselbe hinaus. Weißt du, ich mag Richard. Ich mag ihn wirklich sehr, aber ich werde auf keinen Fall mit ihm nach Rye ziehen. Das kommt für mich einfach nicht mehr infrage.«

»Kennst du denn diese Wohnung schon? Ich meine, warst du schon einmal dort?«

»Ja, an seinem freien Nachmittag hat er sie mir einmal gezeigt. Das ist vor ein paar Monaten gewesen, als er seinem Mieter gekündigt hat.«

»Dann zieht ihr eben nicht nach Rye! Es wäre mir ohnehin das Liebste, wenn ihr beide auf Cardington Manor wohnen bleiben würdet. Dafür würde sich doch sicher eine Lösung finden lassen.«

»Es ist jetzt aber, wie es ist.«

»Wenn du meinst – es ist deine Entscheidung. Du bist ein freier Mensch.« Samantha versuchte, diesen Einwurf gleichgültig klingen zu lassen, aber das entsprach nicht ihrer Verfassung.

»Ja, das bin ich. Gott sei Dank.« Samantha bemühte sich mit aller Kraft, ihre Freundin zu verstehen, doch es wollte ihr nicht so recht gelingen.

»Hat es denn auf eurer Reise irgendeinen Anlass gegeben, der dich dazu gebracht hat, eure Verlobung zu lösen? Ich meine, es muss doch einen gegeben haben. So etwas macht man doch nicht einfach ohne Grund.« Kopfschüttelnd sah Samantha ihre Freundin an, die ihr in diesem Moment selbst ratlos erschien. »Bitte verzeih mir, dass ich so in dich dringe, aber ich würde deine Entscheidung einfach so gerne nachvollziehen können.«

»Ist schon gut, Liebes. Darüber muss ich selbst erst einmal nachdenken«, erwiderte Roberta und schwieg dann eine Weile.

»Vielleicht war ja Frank der Auslöser«, setzte sie erneut an.

»Frank?«, rief Samantha entsetzt. Konnte es wirklich sein, dass ausgerechnet ihr eigener Sohn, der seiner Oma Roberta so vieles zu verdanken hatte, ihre erste und wahrscheinlich einzige Beziehung zu einem Mann zerstört hatte?

»Ja ... wir sind beim Mittagessen gesessen – das war auf der Insel Capri –, da haben wir darüber geredet, dass Richard und ich nach unserer Rückkehr heiraten werden. Frank hat ihn dann gefragt, ob Richard dann mit mir in meiner Wohnung wohnen wird, weil Ehepaare doch zusammenleben, das wüsste er genau, hat er gesagt. Ist das nicht niedlich?« Sie lächelte liebevoll. »Richard hat dann geantwortet: ›Nein, auf keinen Fall! Ich besitze eine hübsche kleine Wohnung in Rye – dort werden wir wohnen.

Sie hat zwei Zimmer und auch einen Balkon.‹ Frank hat dann noch weitere Fragen gestellt und gesagt, er wüsste ja, wo Rye liegt, es wäre ja gar nicht so weit weg, er müsse ja schließlich täglich mit dem Schulbus dorthin. Er hat sehr verständig geklungen, fast wie ein Erwachsener, aber ich habe genau gespürt, dass es ihm einen heftigen Stich versetzt haben muss. Mit der Möglichkeit, dass ich von ihm wegziehen könnte, hat er einfach nicht gerechnet. Vielleicht deshalb nicht, weil ich fast sein ganzes Leben lang mit ihn zusammengewohnt habe.«

»Wegen Frank, also …« Mehr brachte Samantha in ihrer Bestürzung nicht heraus.

»Vielleicht wegen Frank, vielleicht auch nicht – ich weiß es wirklich nicht. Vielleicht kneife ich auch nur, weil ich nicht noch einmal umziehen und von vorne anfangen möchte. Ich würde doch sehr viel für diesen Schritt aufgeben und wahrscheinlich habe ich einfach Angst davor, ihn eines Tages zu bereuen. So einen alten Baum wie mich kann man schließlich nicht beliebig oft verpflanzen.«

Samantha nickte nur verständig, während sie ihrer Freundin zuhörte.

Roberta fuhr fort: »Vielleicht habe ich ja auch nur Angst vor dieser winzigen Wohnung, in der man sich zwangsläufig ständig auf der Pelle sitzt. Vielleicht habe ich Angst vor zu viel Nähe – trotz dieser herrlichen vier Wochen … und obwohl wir sogar meistens in einem Doppelzimmer übernachtet haben.« Nach dieser Eröffnung räusperte sich die alte Dame und blickte schnell zur Seite. Samantha meinte, noch den Anflug einer rötlichen Färbung in Robertas Gesicht wahrgenommen zu haben.

»Verstehe …«, erwiderte sie schlicht, obwohl sie keineswegs alles verstanden hatte. »Vielleicht ging ja auch nur alles ein wenig zu schnell mit euch und eurer Beziehung. Ich meine, ihr habt ja ein Tempo vorgelegt, als gäbe es kein Morgen!« Sie lächelte und versuchte so, ein wenig Leichtigkeit in den verworrenen Sachverhalt zu bringen.

»Da hast du vollkommen recht, Liebes, aber für ein Paar in unserem Alter gibt es auch kein Morgen mehr. Also, natürlich schon, aber eben nicht mehr scheinbar unbegrenzt viele –wie für euch jüngere Paare.«

»Diese Feststellung hat aus deinem Mund schon einmal wesentlich weniger düster geklungen, aber gerade deswegen verstehe ich deine Entscheidung nicht. Worauf wartest du denn, liebste Roberta?« Für den Bruchteil einer Sekunde kam Samantha Robertas Gesichtsröte in den Sinn, als diese die Übernachtungen im Doppelzimmer erwähnt hatte.

»Ist es vielleicht das Körperliche, das du nicht magst?«, fragte sie rundheraus, um sich danach sofort auf die Zunge zu beißen. »Oh, bitte verzeih mir. Das geht mich ja überhaupt nichts an …«

»Lass nur, Liebes. Das macht nichts, dass du das gefragt hast.« Roberta sah ihre junge Freundin an und lächelte milde. »Du weißt doch, dass ich vor dir keine Geheimnisse habe.« Als Samantha erleichtert mit den Achseln zuckte, fuhr Roberta fort: »Ich weiß zwar selbst nicht genau, warum ich mich gegen die Heirat mit Richard entschieden habe, aber an diesem Thema liegt es bestimmt nicht. Ich habe es sogar schön gefunden, mich einmal in den Armen eines Mannes so richtig zu spüren, und peinlich ist es mir anfangs auch nur wegen meines Alters gewesen und weil ich schließlich weiß, wie ich aussehe.«

»Was für ein Unsinn! Ich finde, du siehst richtig toll aus und hast dich so gut gehalten! Außerdem ist dein lieber Richard ja nun schließlich auch kein Adonis mehr – wobei er als junger Mann sicher einmal sehr gut ausgesehen haben muss.«

»Ich danke dir, mein Liebes, aber ich finde, dass er noch immer sehr gut aussieht.«

»Dann ist ja noch nicht alles verloren.« Als Samantha Robertas fragenden Blick sah, erklärte sie:»Wenn du eine körperliche Abneigung gegen ihn hegen würdest, beispielsweise nicht ausstehen könntest, wie er riecht, hätte ich nicht viel Hoffnung, dass sich deine Beweggründe gegen die Beziehung mit ihm noch in Luft auflösen könnten. Denn dagegen kann man nichts machen. Aber so …« Sie machte eine abwiegelnde Geste. »Ich kann mir beim besten Willen nicht vorstellen, dass sich dein Problem nicht lösen lässt, wenn du erst einmal herausgefunden hast, was es genau ist.«

»Und das kann ich mir wiederum nicht vorstellen, vor allem deshalb nicht, weil es Richard doch sehr verletzt hat. Er ist so ein stolzer Mann.«

»Wie hat er denn auf deine Eröffnung reagiert?«

»Wie gesagt, sehr verletzt, aber auch bestürzt. Der Ärmste hat sich fortan nur noch gefragt, was er denn falsch gemacht hätte, und hat mir nicht glauben wollen, dass es nicht an ihm liegt. Weißt du, mir ist das jetzt auch so unangenehm, dass er einen Großteil seiner Ersparnisse für unsere Reise ausgegeben hat.«

Samantha konnte nur noch seufzen. Sie verschränkte die Arme vor der Brust und setzte einfach einen Fuß vor den anderen, den betrübten Blick scheinbar auf die grüne Umgebung geheftet, und schüttelte hin und wieder den Kopf.

»Das tut mir leid, dass du jetzt meinetwegen Kummer hast, Liebes«, sagte Roberta nach einer Weile leise. »Aber sag mal, nach unserem letzten Telefonat hatte ich eher das Gefühl, dass ihr beide, du und Michael, das Paar seid, das sich trennt. Was auch immer bei euch los gewesen ist, es scheint ja wieder in Ordnung zu sein, nicht wahr?«

»Ja, so einigermaßen. Aber ich möchte dich nicht beunruhigen und auch keine schlafenden Hunde wecken.«

»Dann lassen wir sie doch einfach schlafen.«

»Ja. Denn ich bin heilfroh, dass sie endlich schlafen.«

»Kann ich mir vorstellen. Das ist bei schlafenden Hunden meistens so«, gab Roberta in ihrer trockenen Art zurück und sie lächelten einander an.

»Nur so viel kann ich dir verraten: Unsere Ehe ist an einem seidenen Faden gehangen und es hat wirklich nicht viel gefehlt, dann wäre dieser auf immer gerissen. Und damit das nicht noch einmal passiert, müssen Michael und ich künftig sehr behutsam miteinander umgehen ... Vor allem ich sollte ihm viel Verständnis entgegenbringen.«

6

Am frühen Abend stand Michael vor der Tür zur Butlerloge. Samantha hatte ihn gebeten, mit Henderson zu reden, weil sie selbst wegen Roberta zu befangen war. Er atmete tief durch und klopfte an. Nach einer kurzen Weile öffnete Henderson selbst. Er war offenbar gerade mit dem Auspacken seiner Reisegarderobe beschäftigt. »Mr Tomlinson, Sir, was kann ich für Sie tun?«, fragte er in seiner zuvorkommend liebenswürdigen Art.

Michael schnürte es die Kehle zu. Er empfand in diesem Moment zum ersten Mal, was es bedeutete, wenn Henderson – der stets freundliche Henderson, die gute Seele des Hauses – nicht mehr auf Cardington Manor arbeiten würde. Der altgediente Butler war einfach ein angenehmer Mensch, den man gerne um sich hatte. Ihn zu missen, würde mehr als schwer werden.

»Mr Tomlinson? Ist alles in Ordnung mit Ihnen?«

Michael hatte einen Augenblick lang vergessen, wo er sich befand. Seine Augen waren darüber feucht geworden und blickten sein Gegenüber leicht verschwommen an. Er fuhr sich mit dem Handrücken übers Gesicht und blinzelte währenddessen seine Tränen fort.

»Ja, selbstverständlich. Bitte, verzeihen Sie meine Störung, Henderson, aber ich hätte etwas Dringendes mit Ihnen zu besprechen.«

»Da gibt es nichts zu verzeihen, Mr Tomlinson. Bitte, treten Sie doch näher.« Der alte Herr trat einen Schritt zur Seite und machte eine einladende Geste.

Dankend und mit einem seltsam andächtigen Gefühl betrat Michael zum ersten Mal Hendersons persönliche Räume und sah sich darin um. Dieses gemütliche Zimmer war offenbar die Wohnstube, aber an einer Wand stand auch ein Schreibtisch, auf dem ein aufgeklapptes, mit schwarzer Tinte beschriebenes Buch lag. *Womöglich das Haushaltsbuch*, vermutete Michael. Darüber hingen ein altmodisches schwarzes Wandtelefon und das Schlüsselbrett mit sämtlichen Schlüsseln für das Anwesen. Vor einem Fenster mit Blick auf den Park befand sich ein lederner Ohrensessel, dem man sein stattliches Alter ansah, daneben ein Bücherregal und eine Leseleuchte. An diesen Raum schloss sich ein weiterer an: das Schlafzimmer, verbunden durch einen hell erleuchteten Korridor, der wohl als begehbarer Kleiderschrank diente. Darin hingen säuberlich aufgereiht ein paar schwarze Anzüge neben blütenweißen Hemden. Auf einem Beistelltisch daneben lag ein aufgeklappter Koffer, den Henderson offenbar gerade im Begriff war auszupacken.

»Bitte, verzeihen Sie die Unordnung«, schnitt sich Hendersons Stimme in Michaels Betrachtungen.

»Ich bitte Sie, Henderson! Ich habe Sie schließlich überfallen, und das auch noch nach all den Strapazen heute.«

»So eine Reise bringt das Leben ganz schön durcheinander. Das habe ich vollkommen unterschätzt.« Der Butler zuckte die Achseln und lächelte über sich selbst, doch Michael konnte den Schmerz dahinter spüren.

»Ich muss schon sagen, Ihre Wohnung gefällt mir gut. Sie ist sehr behaglich«, sagte er aufrichtig, aber auch mit der Intention, das Thema gar nicht erst auf Roberta kommen zu lassen.

»Meine gute alte Butlerloge … ja, ich habe in diesen Räumen nun seit mehr als vierzig Jahren gelebt und mich hier ausgesprochen heimisch gefühlt. Vierzig Jahre! Können Sie sich das vorstellen, Mr Tomlinson?« Er lächelte mit einem Glitzern in den Augen und schüttelte dabei den Kopf, als könnte er es selbst nicht glauben.

»Schwerlich«, erwiderte Michael und nickte voller

Anerkennung.»Das ist immerhin länger als mein gesamtes Leben.« Er konnte hingegen unschwer erkennen, dass auch dieses Thema ein schmerzhaftes für den Butler war. Möglicherweise gab es für den alten Herrn gerade nur wenige Dinge, die nicht mit Schmerz, Wehmut und Abschied behaftet waren. Wahrscheinlich war aber genau das der normale Lauf der Welt, wenn sich das Arbeitsleben dem Ende zuneigte, diese Arbeit aber das Leben erfüllt – und ja, es sogar ausgemacht – hatte. Und jetzt kam für Henderson auch noch die Trennung von Roberta hinzu, die Samantha ihm vor diesem Gespräch kurz angedeutet hatte. Michael schluckte. Henderson tat ihm gerade unendlich leid, doch das wollte er sich auf keinen Fall anmerken lassen. Er zwang sich zu einem fröhlichen Lächeln, bevor er sich wieder an ihn wandte.

»Mein lieber Henderson, wir brauchen Ihre Hilfe. Sie erinnern sich doch bestimmt an den jungen Mann, der bei Ihrer Rückkehr mit den anderen Angestellten vor dem Eingang stand, um Sie zu begrüßen?«

»Selbstverständlich. Sein Name ist *Jefferson*, nicht wahr? Und er hat hier während meiner Abwesenheit als Hausdiener gearbeitet.«

Michael nickte.»Wir haben ihn zur Verstärkung eingestellt, als in dieser Zeit auch noch eines der Mädchen krank geworden ist.«

»Ich verstehe. Und was kann ich nun für Sie tun, diesen Jefferson betreffend? Möchten Sie ihn hier im Haus behalten?«

»Ich würde sagen, das hängt von Ihnen und Ihrer Einschätzung seiner Person und seiner Eignung ab. Zu Ihrer Information: Jefferson hat erst vor Kurzem seine Ausbildung zum Butler absolviert. Er ist derzeit auf Stellensuche und hat telefonisch nachgefragt, ob er sich bei uns bewerben dürfe. Wir haben ihm gesagt, dass wir ohne Ihre Zustimmung diesbezüglich keine Entscheidung treffen würden. Als dann überraschend Clara krank war, haben wir ihm vorübergehend – nur bis zu Ihrer Rückkehr! – die Stelle eines Hausdieners angeboten. So haben wir den personellen Engpass gut ausgleichen können. Jefferson konnte sich in der Zeit ein Bild von den Aufgaben machen, die hier als Butler auf ihn zukämen.« Das war natürlich nur die halbe Wahrheit. Michael kannte den Verlauf der Angelegenheit nur aus Samanthas Erzählungen, da er selbst während dieser Zeit nicht auf Cardington Manor gewohnt hatte.

Henderson hatte genau zugehört und Michael glaubte, ein fast unmerkliches Zucken in dessen Zügen bemerkt zu haben, als das Wort *Butler* gefallen war. Gerade so, als hätte er es sich nicht träumen lassen, so schnell ersetzt zu werden. Und richtig: Michaels Wahrnehmung täuschte ihn nicht. Der alte Herr räusperte sich ein paarmal, bevor er fragte:»Und … und wie zufrieden sind Sie mit ihm als Hausdiener?«

»Erstaunlich gut – natürlich nur, sofern wir es beurteilen können. Meine Frau meinte sogar neulich, Jefferson könnte Eigenschaften besitzen, die wir sonst nur von Ihnen kennen.« Michael lachte auf.»Der arme Mann! In seiner Haut möchte ich wirklich nicht stecken. Mit Ihnen verglichen zu werden – da kann man eigentlich nur verlieren.«

Henderson lächelte geschmeichelt, aber bescheiden, als er entgegnete:»Das ist zu freundlich von Ihnen, Mr Tomlinson. Ich bin sicher, dass der junge Mann ebenfalls seine Qualitäten haben wird, wenn Sie seine Person als so vortrefflich einschätzen.«

»Aber wenn er sich jetzt nur verstellt und uns täuschen möchte? Vielleicht bemüht er sich ja nur deshalb um die Stelle, wir wissen es einfach nicht. Immerhin bekommt ein Butler es hier auf Cardington Manor mit immensen Wertgegenständen zu tun. Aber das muss ich Ihnen ja nicht sagen.«

»Ja, von solchen Fällen hört man gelegentlich, aber glauben Sie mir, Mr Tomlinson, so etwas hält niemand lange durch. Irgendwann verrät sich selbst der gerissenste Schwindler.« Henderson lächelte, wie eben nur jemand lächeln konnte, der im Leben schon vieles erfahren und bereits viele Menschen einzuschätzen gelernt hatte.

»Ich weiß, dass Ihre Dienstzeit eigentlich beendet ist. Würde es Ihnen viel ausmachen, wenn Sie, sagen wir ...«, Michael überschlug kurz etwas im Kopf.»... doch noch den ganzen August auf Cardington Manor bleiben würden, um das für uns herauszufinden? Wir könnten Jefferson ja sagen, Sie würden ihn einarbeiten und schon mal mit all seinen künftigen Pflichten vertraut machen. Und bei der Gelegenheit könnten Sie gleich feststellen, ob er wirklich so gut ist, wie er zu sein vorgibt. Was halten Sie davon?«

Der alte Butler nickte nachdenklich.»Ich halte das für eine ausgezeichnete Idee, Mr Tomlinson. Das gäbe mir einerseits die Möglichkeit, noch auf Cardington Manor zu verweilen und meinen Abschied ein wenig hinauszuzögern – ich liebe diesen Landsitz wirklich sehr, müssen Sie wissen. Und andererseits tue ich Ihnen diesen Gefallen ausgesprochen gerne, natürlich nicht nur, um Ihnen behilflich zu sein, sondern auch deshalb, weil ich es nicht ertragen könnte, wenn mein innig geliebtes Cardington Manor künftig von einem nur mittelmäßigen oder gar zweifelhaften Butler verwaltet werden würde.«

»Wir haben gehofft, dass Sie unseren Vorschlag so sehen, mein lieber Henderson. Glauben Sie mir bitte, wenn ich Ihnen sage, dass es meiner Frau und mir das Liebste wäre, wenn Sie einfach bleiben würden, weil uns der Abschied von Ihnen noch viel schwerer fällt als Ihnen. Sie werden in Rye einen neuen Lebensabschnitt beginnen, in einer neuen Umgebung und unter neuen Menschen. Und

Sie werden dort Ihren wohlverdienten Ruhestand und Lebensabend verbringen – und hoffentlich genießen. Aber dieses Haus wird ohne Sie nicht mehr dasselbe sein. Nie wieder – solange wir hier leben nicht.«

Henderson schluckte. Als wolle er keine allzu große Sentimentalität aufkommen lassen, erwiderte er um einem sachlichen Tonfall bemüht:»Dann ist es doch umso erfreulicher, dass Sie so schnell einen Ersatz für mich gefunden haben.«

»Möglicherweise ist Jefferson ein Ersatz. Aber nur für Ihre Funktion als Butler – kein Ersatz für Sie als Mensch, Henderson.«

»Zu freundlich von Ihnen, Mr Tomlinson.« Henderson deutete eine knappe Verbeugung an und bemühte sich, weiterhin Haltung zu bewahren.»Den passenden Bewerber für diesen Posten auszusuchen, stelle ich mir wirklich nicht einfach vor. Immerhin geht es um einen Menschen, der in Ihrem Zuhause leben und damit stets auf irgendeine Weise anwesend sein wird.«

»Was das betrifft, könnte Jefferson durchaus der geeignete Kandidat sein. Meine Frau hält große Stücke auf ihn. Mir scheint er auch ein ganz angenehmer Mensch zu sein. Aber, Henderson, mal ganz unter uns, mir scheint er fast schon zu perfekt.« Michael schüttelte den Kopf und zuckte mit den Achseln.»Natürlich kann ich mich auch täuschen.«

»Dann werde ich dem jungen Mann mal etwas auf den Zahn fühlen und für Sie herausfinden, ob er wirklich etwas kann oder nur vorgibt, ein ausgebildeter Profi zu sein. Morgen werde ich mit meiner neuen Aufgabe beginnen.«

»Bestens, mein lieber Henderson, bestens! Ich danke Ihnen herzlich, natürlich auch im Namen meiner Frau.«

Der alte Herr verbeugte sich.

»Es ist mir eine Ehre, Ihnen behilflich sein zu dürfen, Mr Tomlinson, Sir.«

7

Am nächsten Morgen schien sich die Welt endlich wieder in gewohnter Weise zu drehen. Sämtliche Bewohner von Cardington Manor befanden sich wie gehabt auf dem Platz, wo sie hingehörten. Niemand fehlte und niemand wurde vermisst.

Roberta hielt sich bereits seit dem frühen Morgen im Waisenhaus auf, weil dort angeblich eine Menge unerledigter Post auf Bearbeitung wartete. Samantha wusste natürlich, dass das nicht stimmen konnte, weil sie selbst Roberta würdig vertreten hatte – mithilfe von Mildred und Martha, der jungen Erzieherin. Sie vermutete vielmehr, dass ihre Freundin diese Ausrede nur erfunden hatte, um ihrem Richard auszuweichen.

Das Frühstück fand an diesem Morgen wie schon zu allen Zeiten in der prächtigen Orangerie statt. Zwar arbeitete Henderson nur noch kurze Zeit offiziell auf Cardington Manor, aber durch die Tatsache, dass er wieder anwesend war und somit kein personeller Notstand mehr herrschte, ließ Rose es sich nicht mehr nehmen, Jefferson anzuweisen, das Büfett dort aufzubauen.

Samantha und Michael genossen Porridge und Toast unter der gläsernen Kuppel, als wären sie es gewesen, die vier Wochen lang nur Hotel- und Restaurantkost vorgesetzt bekommen hatten. Aus dem Augenwinkel beobachteten sie Frank, der mit ihnen am Tisch saß. Er war bereits fertig mit seinem Frühstück und fütterte nun eifrig seinen kleinen Bruder. Das tat er, indem er den gefüllten Breilöffel wie ein Flugzeug in die Luft steigen und kreuz und quer herumfliegen ließ – begleitet von den entsprechenden Geräuschen, versteht sich –, bis es schließlich in Colins aufgesperrtem Mund – dem Hangar – zum Landen kam. Colin juchzte vor Vergnügen und war enttäuscht, als sein Teller auf diese Weise so rasch leer wurde. »Oje, ob Colin sich jemals wieder anders füttern lässt?« Samantha lachte. »Das hast du richtig toll gemacht, Frank«, lobte sie ihren Ältesten. »Ich fürchte, du hast jetzt einen festen Job, Sportsfreund. Da hast du dir ja was angefangen.« Michael klopfte seinem Sohn auf die Schulter.

»Hab ich gerne gemacht«, erwiderte der Junge. »Colin hat mir ganz schön gefehlt.« Er schmiegte seine sommersprossige Wange an den blonden Lockenkopf. Als er sah, wie seine Eltern dieses Bild glücklich in sich aufsogen, ergänzte er schnell: »Ihr natürlich auch.«

»Was haltet ihr davon, wenn wir heute Nachmittag etwas zusammen unternehmen – nur wir vier«, fragte Samantha rhetorisch, denn sie wusste, wie die Antwort lauten würde.

Und sie lag richtig. »Ja!«, rief Frank da schon und streckte seine Arme in die Höhe, und auch Colin jubelte mit, indem er seinen Bruder nachahmte, wenngleich er auch nicht wusste, warum dieser das tat.

»Das müsste einzurichten sein«, sagte Michael fröhlich. »Wir könnten ans Meer fahren und …« In diesem Moment läutete sein Mobiltelefon, und Samantha verdrehte die Augen.

»Waisenhaus!«, rief er nach dem Blick auf das Display. »Warum – um alles in der Welt! – ruft Roberta auf meinem Handy an und nicht hier im Haus? Ich denke nicht, dass sie wirklich mich sprechen möchte, oder?« Er grinste und Frank kicherte.

»Sie möchte wahrscheinlich gerade nicht auf der Hausleitung anrufen, damit nicht …« Samantha verdrehte die Augen und bedeutete ihm die Peinlichkeit der Situation. »Du weißt schon …«

»Sollte ich?« Michael kratzte sich am Kopf, während

er es weiterhin klingeln ließ. »Ich glaube, ich stehe mal wieder auf der Leitung«, sagte er und Frank lachte nun aus vollem Hals. »Jetzt geh doch einfach ran und frag sie, was sie möchte! Herrje!« Samantha schüttelte den Kopf.

Michael wischte über das Display und meldete sich. »Meine liebe Roberta, was kann ich für dich tun?« Er lauschte und währenddessen nahm sein lächelndes Gesicht einen ernsten Ausdruck an. »Ist in Ordnung ... ja, ja ... ja, machen wir. Bis später.«

»Was ist denn los? Was hat sie denn?«, fragte Samantha irritiert.

»Ach, nichts weiter«, beschwichtigte er. »Wir sollen nur nachher mal zu ihr rüber ins Waisenhaus kommen. Sie möchte uns etwas zeigen.«

»Was denn?«, wollte Frank wissen.

»Nichts Wichtiges, glaube ich.« Er wechselte kurz einen bedeutungsvollen Blick mit seiner Frau.

»Frank, könntest du in dieser Zeit vielleicht kurz auf deinen Bruder aufpassen und mit ihm spielen, bis wir wieder zurück sind?«, fragte Samantha. »Mrs Boyle kommt in etwa einer halben Stunde zu euch.«

»Klar. Komm, Colin, wir gehen hoch ins Spielzimmer!« Der Junge stand auf und machte Anstalten, seinen kleinen Bruder aus dessen Kinderstuhl zu heben, was ihm jedoch nicht gelang. Samantha half ihm dabei und die beiden Jungen verließen nur einen Augenblick später Hand in Hand die Orangerie. Und natürlich folgte ihnen Robin, der Frank seit dessen Rückkehr nicht mehr aus den Augen ließ, und wedelte aufgeregt mit dem Schwanz.

»Was war denn los?«, zischelte Samantha, als ihre Söhne endlich außer Hörweite waren.

»Sie möchte uns etwas zeigen. Mehr weiß ich auch nicht, aber sie hat irgendwie merkwürdig geklungen.«

Er zuckte mit den Achseln. »Ach ja, und wir sollen

möglichst allein kommen.«

»Allein? Seltsam … was das bloß sein soll?«

Sie schüttelte den Kopf. »Dann lass uns doch am besten jetzt gleich zu ihr rübergehen, während die Jungs so schön miteinander beschäftigt sind.«

In dem Moment kam Jefferson geschmeidigen Schrittes herein und fragte zuvorkommend, ob sie vielleicht noch Tee wünschten.

»Nein, danke. Und wenn, dann bedienen wir uns selbst«, antwortete Michael.

»Das halten wir beim Frühstück meistens so, um die Bediensteten zu entlasten«, ergänzte Samantha. »Wir sind aber ohnehin fertig und wollten gerade aufbrechen. Sie können jetzt also gerne abräumen.«

»Aber da Sie gerade hier sind, Jefferson«, begann Michael. »Falls Sie noch immer Interesse an der Stellung des Butlers hier im Haus haben, könnte Henderson Sie in den nächsten Wochen mit Ihren künftigen Pflichten vertraut machen. Was halten Sie davon?«

Der stets ein wenig beherrscht wirkende Gesichtsausdruck des Hausdieners entgleiste augenblicklich und wurde schließlich von einem einzigen Leuchten verdrängt.

»Ob ich …«, setzte dieser an. »Ja … natürlich. Ich danke … danke Ihnen verbindlichst, Mr Tomlinson, Sir«, stammelte er nun. »Es ist mir wirklich eine große Ehre … Und dass mich auch noch Mr Henderson persönlich einarbeiten wird …« Zu Samantha gewandt und mit einer leichten Verbeugung fügte er hinzu: »Madame, wenn Sie sonst keinen Wunsch mehr haben …« Als sie dankend den Kopf schüttelte, machte er kehrt und verließ die Orangerie ebenso geschmeidig, wie er gekommen war.

Die beiden sahen ihm lächelnd hinterher und es kam ihnen so vor, als wäre Jefferson in der letzten Minute um ein paar Zentimeter gewachsen. Vor Stolz über diese Chance.

8

Den Weg durch den Park legten sie anfangs geschwind und schweigend zurück. Mit jedem Schritt, mit dem sie sich dem Waisenhaus näherten, stieg Samanthas Anspannung. Trotzdem lief sie wie eine Getriebene, und Michael hatte Mühe, mit ihr Schritt zu halten.

»Sag mal, warum müssen wir eigentlich so rennen?« Er blieb stehen und hielt sie am Arm fest, damit sie ebenfalls stehen blieb. »Ich habe am Telefon nicht den Eindruck gehabt, dass das, was Roberta uns zeigen will, weglaufen kann.«

»Ich möchte einfach so schnell wie möglich dort sein und erfahren, was es ist, damit ich aufhören kann, mir darüber Gedanken zu machen, was es sein könnte. Denn das macht mich noch wahnsinnig.«

»Komm schon, Schatz. Lass uns doch lieber den Moment nutzen und diesen Spaziergang gemeinsam genießen.«

»Michael, das letzte Mal, als Roberta mir am Telefon nahegelegt hat, möglichst bald zu ihr ins Waisenhaus zu kommen, war der Tag, an dem sie mir den Brief von Franks leiblicher Mutter gezeigt hat, dieser … dieser Vivien Sloane. Und auch damals hat sie mit keinem Wort angedeutet, worum es sich handelte. Glaub mir, ich kenne Roberta inzwischen. Es muss sich also um etwas sehr Dringendes handeln.« Sie zog ihren Arm zurück und marschierte nun strammer drauflos. Er lief ihr nach und holte sie schließlich ein. Dann legte er seinen Arm um ihre Schultern und erreichte damit, dass sie die Geschwindigkeit ihrer Schritte wenigstens etwas verringerte.

»Sieh nur, was ein schöner Tag es doch ist!« Er deutete in die grüne Umgebung. »Ich liebe es, wenn morgens der

Park zum Leben erwacht.« Er seufzte. »Und hör nur, wie schön die Vögel singen!«

»Ich kann mir nicht helfen, ich habe das eigenartige Gefühl, dass schon wieder etwas ähnlich Schlimmes passiert ist«, erwiderte sie, als hätte sie keines seiner Worte verstanden.

»Aber Schatz! Was soll denn schon groß passiert sein? Außer vielleicht, dass die Wasserleitung im ersten Stock ein Leck hat und sich im Erdgeschoss bereits feuchte Flecken an der Decke zeigen? Oder vielleicht muss ja auch der Sand im Sandkasten ausgetauscht werden?« Er stimmte ein spöttisches Gelächter an und schüttelte dabei den Kopf.

»Du hast wirklich ein beneidenswertes Naturell«, beschied sie ihm trocken und zog das Tempo wieder an.

Kurz darauf betraten sie nacheinander das Kinderheim. Sie fanden Roberta im Büro hinter dem Schreibtisch sitzend.

»Ach, da seid ihr ja schon. Das ging aber schnell. So sehr hättet ihr euch wirklich nicht beeilen müssen. Die Sache ist wichtig, aber nicht so dringend.«

Michael warf seiner Frau daraufhin ein vielsagendes Grinsen zu, das diese mit einer angedeuteten Grimasse quittierte. Er rückte ihr einen der Besucherstühle zurecht und setzte sich auf den zweiten.

»Also, Roberta, was gibt es so Wichtiges, das aber dann doch nicht so dringend ist?«, fragte er forsch, um seinen Triumph noch weiter auszukosten.

»Nun … ich habe heute ein Schreiben bekommen«, erhielt er zur Antwort.

»Was denn für ein Schreiben?« Samantha hielt den Atem an, und auch Michael stieß vernehmbar die Luft aus.

Roberta zog einen Brief aus einer Mappe, die auf dem Schreibtisch lag.

»Den hier habe ich in meiner Post gefunden. Es ist ein Auszug aus dem Sterberegister der Stadt Lamberhurst. Eine Bekannte von mir, die dort beim Standesamt arbeitet – Phyllis Hayworth heißt sie –, hat ihn netterweise an mich weitergeleitet. Wir hatten damals miteinander telefoniert, als Franks Mutter bei mir aufgetaucht war. Du dürftest dich noch an ihren Namen erinnern, Samantha.«

»Ja, natürlich erinnere ich mich. Und wer ist denn jetzt gestorben?« Samantha platzte beinahe vor Ungeduld.

»Vivien Sloane«, antwortete Roberta knapp und legte das Dokument vor den beiden auf den Tisch.

»Franks Mutter …«, wiederholte Michael wie zur Bestätigung und hatte mit einem Mal jegliche Neigung zum Scherzen verloren.

»Ach, das tut mir leid, wirklich«, sagte Samantha leise. In ihrem Hals bildete sich ein Kloß und ihre Augen füllten sich mit Tränen. Sie räusperte sich, ehe sie fragte: »Aber wie … wie ist sie denn gestorben? Hat sie sich etwa umgebracht, weil sie damals ihren Jungen nicht hat sehen dürfen?« Sie weinte jetzt voller Mitgefühl und ließ ihren Tränen freien Lauf. Michael streichelte hilflos ihren Rücken.

»Aber nein, Liebes. Wo denkst du hin?« Roberta stand auf, ging um den Schreibtisch herum und reichte ihr ein Taschentuch, das Samantha dankbar annahm. »Phyllis' Brief klingt eher so, als hätte die arme Mrs Sloane ihr Leben einfach nicht in den Griff bekommen. Zunächst wohl schon. Sie galt in der Fabrik, in der sie gearbeitet hat, als zuverlässig. Und das war eine ganze Weile, nachdem wir sie nicht zu Frank gelassen hatten. Aber später ist sie offenbar wieder rückfällig geworden – mit ihrer Drogensucht, meine ich. Jedenfalls ist sie an einer Überdosis gestorben.«

Samantha putzte sich die Nase.

»Und wo … wo hat man sie denn gefunden?«

Roberta seufzte tief, bevor sie antwortete:»In Lamberhurst … in einer billigen Absteige, die auch als Stundenhotel genutzt wird.«

»Du willst sagen, sie hat dort als Prostituierte gearbeitet?« Samantha war erschüttert, doch Roberta nickte nur.

»So hört es sich an«, sagte Michael beklommen und schluckte hörbar.

»Vielleicht konnte sie ihren Bedarf an Drogen mit ihrem Lohn als Fabrikarbeiterin nicht mehr decken und hat gekündigt. Vielleicht wurde sie aber auch entlassen, weil sie wieder zu trinken angefangen hatte. Das steht hier nicht näher. Ich nehme an, Phyllis kennt die näheren Umstände auch nicht.«

»Wie schrecklich!« Jetzt wollte Samantha alles wissen. »Wie alt ist sie denn geworden?«

»Gerade einmal achtundzwanzig Jahre«, antwortete Roberta mit gesenktem Blick, nachdem sie den Auszug überschlagen hatte.

»Nur achtundzwanzig!«

»Dann war sie ja erst neunzehn, als sie Frank bekommen hat – ganz schön jung.« Auch Michael war inzwischen ziemlich betroffen.

»… und wahrscheinlich völlig überfordert mit der Situation« ergänzte Roberta.»Das kann man sich ja lebhaft vorstellen.«

»Und seit wann ist sie tot?«, bohrte Samantha weiter.

Roberta verglich umständlich Vivien Sloanes Sterbedatum mit ihrem Kalender auf der Tischplatte, in welchem sie die Tage mit einem Stift abzählte.

»Gut drei Wochen ist das jetzt her. Beerdigt wurde sie laut Phyllis' Brief kurze Zeit später in aller Stille in einem städtischen Armengrab – ebenfalls in Lamberhurst«, schloss sie traurig.

»Das heißt, sie hat keinen einzigen Menschen auf der Welt gehabt? Niemanden, der um sie trauert? Niemanden, der sich je an sie erinnern wird? Einfach weg – so, als hätte es sie nie gegeben?« Samantha legte sich ihre Hände vors Gesicht und konnte jetzt nur noch bitter weinen.

Michael hatte inzwischen beide Arme um seine Frau geschlungen und wiegte sie sanft hin und her.

»Ach, Liebling, nimm dir das doch nicht so zu Herzen. Solche Schicksale gibt es überall auf der Welt.«

»Aber diese Frau war die Mutter von unserem Frank«, schluchzte sie undeutlich. »Stell dir doch nur mal vor, was für ein trauriges Leben sie gehabt haben muss. Und wir hätten sie vielleicht retten können ...«

Roberta und Michael wechselten zunächst ratlose Blicke, dann meldete sich Roberta mit resoluter Stimme zu Wort: »Liebes, du möchtest uns jetzt aber nicht sagen, wir hätten ihr damals doch erlauben sollen, mit Frank zusammenzutreffen, oder? Ich darf dich daran erinnern, dass du damals schon hysterisch geworden bist, als ich dir nur von ihrem Brief erzählt habe.«

»Aber vielleicht würde sie jetzt noch leben ...«

»Ach Sammy, das ist doch blanker Unsinn!« Michael raufte sich die Haare. »Das kannst du doch nicht wirklich glauben! Das Einzige, was dann anders wäre, ist, dass sie unseren Frank womöglich mit hinuntergezogen hätte in ihren destruktiven Strudel. Seine leibliche Mutter ist am Leben gescheitert. Das mitzuerleben, hätte ihn sicher verstört.«

»So sehe ich das auch, Michael.« Roberta sank erschöpft in ihren Stuhl zurück. »Wenigstens habe ich diesmal nicht den Fehler gemacht, euch nicht rechtzeitig in solche Neuigkeiten eingeweiht zu haben, wie es mir leider beim letzten Mal passiert ist.«

Samantha trocknete sich ihr tränennasses Gesicht und nickte.

»Ihr habt ja recht. Das hatte ich gerade vergessen.« Sie schluchzte noch ein paarmal auf, weinte jetzt aber nicht mehr.»Ich hätte nie gedacht, dass mich das Schicksal dieser Frau jemals so berühren würde.«Sie dachte einen Moment lang nach, dann fragte sie:»Aber was sollen wir denn jetzt Frank sagen? Meint ihr, wir sollten ihm überhaupt davon erzählen?«

Roberta schüttelte entschieden den Kopf.

»Ich würde sagen, nein. Frank ist heute so ein glücklicher Junge, und ich könnte mir vorstellen, dass diese Information ihn nur unnötig durcheinanderbringen würde. Und es ist ja ohnehin nicht mehr zu ändern.«

»Ich würde sagen, ja«, sagte Michael.»Aber nicht jetzt und nicht heute, sondern erst dann, wenn er nach seiner Mutter – also seiner leiblichen Mutter – fragt. Also, falls er je nach ihr fragen sollte ...«

»Das sehe ich auch so.«Samantha putzte sich die Nase und sprach danach deutlich gefasster weiter:»Ich möchte auf jeden Fall nicht, dass Vivien Sloanes sterbliche Überreste weiterhin in diesem schrecklichen anonymen Gemeindegrab verbleiben. Sie soll eine idyllisch gelegene Grabstelle bekommen – so, als wäre sie eine hoch angesehene Person in Lamberhurst gewesen. Und dazu noch einen hübsch verzierten Grabstein mit Blumen drauf. Oder lieber mit einem Engel?«Sie blickte zwischen ihrem Mann und ihrer Freundin hin und her, wohl in der Erwartung einer Entscheidungshilfe, doch die beiden waren offenbar sprachlos wegen Samanthas plötzlichen Stimmungswandels. Also fuhr sie selbst fort, laut zu denken:»Und darauf soll geschrieben stehen ...«Sie überlegte kurz.»*Vivien Sloane*, dann die Daten, wann und wo sie geboren und gestorben ist, und dann vielleicht so etwas wie *Mutter eines bezaubernden Sohnes,* oder so. Könntest du das bitte für mich veranlassen, Roberta? Vielleicht zusammen mit deiner Bekannten aus dem Amt, sie ist ja vor Ort und kennt sicher ein gutes Bestattungsunternehmen. Und am besten hier vom Büro aus, ich hätte sonst

Angst, dass Frank etwas davon mitbekommt, bevor er alt genug dafür ist.«

»Was für eine reizende Idee von dir, Liebes.« Roberta hatte nun ihre Sprache wiedergefunden und außerdem ein Glitzern der Rührung im Blick.

Michael schüttelte nur lächelnd den Kopf. Er nahm Samanthas verweintes Gesicht in beide Hände und sah verliebt in ihre geröteten Augen.

»Du – du bist ein Engel.« Er küsste sie zärtlich auf den Mund. »Und wenn unser Frank jemals an diesem Grab stehen sollte, hätte er danach immer ein gutes Gefühl, wenn er an seine Mutter denkt.«

»Sie soll doch nicht einfach vergessen werden. Niemand sollte vergessen werden.«

»Da hast du vollkommen recht, Liebes.« Roberta stand auf und sie umarmten sich zum Abschied. »Ich werde gleich mal bei Phyllis anrufen. Sie wird dieses Projekt bestimmt gerne übernehmen, wie ich sie kenne. Sie ist so eine hilfsbereite Person und diese Geste wird ihr gefallen, da bin ich sicher.«

»Das würde mich sehr freuen. Richte ihr doch bitte schon mal meinen besten Dank aus. Und vielleicht könnte sie uns Fotos schicken, wenn alles fertig ist?«

Roberta nickte zur Bestätigung und dann verließen die Tomlinsons das Kinderheim wieder. Auf dem Rückweg gingen sie eng umschlungen und deutlich langsamer als auf dem Hinweg.

»Du hattest mal wieder recht – also, dein Gefühl, dass etwas Schlimmes passiert sein musste, meine ich«, sagte Michael und gab Samantha einen Kuss aufs Haar. »Und ich habe mich noch darüber lustig gemacht.« Er schnaubte. »Das ist doch wieder typisch für mich!«

»Das macht doch nichts. Das bist eben du. Deine Leichtigkeit tut mir doch manchmal auch sehr gut. Woher sollst du denn immer schon im Voraus wissen, wann sie angebracht ist und wann nicht?« Sie schmiegte ihren Kopf an seine Brust. »Sehe ich eigentlich noch verweint aus? Ich will vermeiden, dass Frank von mir wissen möchte, was ich habe«, fragte sie dann plötzlich und wandte ihm das Gesicht zu.

»Nur ein bisschen. Am besten ist es, du lächelst, dann wird er sich nicht wundern.«

Bei der Weggabelung, an der man sich entscheiden musste, ob man weiter zum Wohnhaus gehen oder zu den Stallanlagen und zur Gärtnerei abbiegen wollte, blieb Michael unvermittelt stehen.

»Hier muss ich dich nun leider allein weitergehen lassen, mein Schatz. Ich habe nämlich noch etwas zu erledigen.«

»So? Was denn?« Samantha war überrascht.

»Wird nicht verraten.« Bevor sie weiter in ihn dringen konnte, küsste er sie zum Abschied und begab sich mit einem Augenzwinkern auf den Weg, der ihn seinem Vorhaben annähern sollte. »Wir sehen uns beim Mittagessen.«

Verwundert sah sie ihm hinterher und schüttelte den Kopf. Nach einigen Metern drehte er sich noch einmal zu ihr um, als hätte er ihren Blick in seinem Rücken gespürt, und ihr Herz begann heftig gegen ihre Brust zu schlagen, als er sie spitzbübisch anlächelte und ihr noch eine Kusshand zuwarf.

Michael ... mein Mann ... meine große Liebe.

Sie seufzte verträumt auf und war erfüllt von Dankbarkeit für die Chance, es noch einmal mit ihm versuchen zu dürfen. Zu keinem Zeitpunkt davor war sie sicherer als in diesem Moment, dass sie es schaffen konnten. Miteinander.

Beim Weitergehen ließ Samantha dann noch einmal die Unterredung im Büro Revue passieren.

Was für ein vertanes Leben.

Vivien Sloane war an der Realität und deren Widrigkeiten gescheitert, ihr irdisches Dasein beendet. Alles, was jetzt noch zählte, war, dass wenigstens ihr Sohn seine Chance auf Glück bekommen sollte.

»Vivien, ich verspreche dir, dass ich immer gut für deinen Jungen sorgen werde. Du kannst in Frieden ruhen. Frank wird es an nichts mangeln«, sagte sie halblaut vor sich hin. Sie seufzte ein letztes Mal und nahm sich vor, das Thema damit abzuschließen.

9

Beim Betreten der Eingangshalle hörte Samantha Männerstimmen, die aus dem Salon drangen. Henderson war wohl gerade dabei, seinem Schützling die eigentümlichen Gepflogenheiten des Hauses näherzubringen, und die Lektion hieß offenbar: *Innendekoration und Blumenschmuck.* Sie blieb kurz stehen und lauschte.

»... und deshalb Rosen niemals in Glasvasen arrangieren, sondern immer nur in solchen aus *Wedgwood*-Porzellan«, hörte sie dessen vertraute Stimme sagen. »Glasvasen dagegen finden Sie in sämtlichen Größen in den Wandschränken im Souterrain und in den dafür vorgesehenen ...«

Sie lächelte und schlich an der geöffneten Tür vorbei und die Freitreppe hinauf. Oben im Kinderzimmer wurde sie dann Zeuge, wie Frank vor der Wickelkommode stand und seinem Bruder die Windel wechselte – natürlich unter der geduldigen Anleitung von Mildred.

»Ja, was ist denn hier los?«, staunte sie.

»Mummy! Schau mal, was ich schon kann!« Frank strahlte voller Stolz und hielt Colins gefüllte Windel in die Luft wie eine Trophäe. »Habe ich ganz allein gemacht.«

»Was? Du ganz allein? Das ist ja toll!« Samantha lächelte der Kinderfrau zu, die daraufhin sagte: »Ja, wenn unser Frank so weitermacht, werde ich wohl demnächst arbeitslos sein.«

»Puh! Aber jetzt wirf die Windel lieber in den Eimer, Franky«, sagte seine Mutter und öffnete die Terrassentür, um frische Luft hereinzulassen.

»Brauchen Sie mich noch, Samantha? Sonst würde ich jetzt hinüber ins Kinderheim gehen, um dort bei der Essensverteilung auszuhelfen. Martha hat doch heute ihren freien Nachmittag …«

»Jaja, gehen Sie nur, Mildred. Ich bleibe jetzt hier bei meinen Jungs.« Sie strahlte die beiden an und Mildred machte sich zum Gehen bereit. Just in diesem Moment läutete im Wohnzimmer das Telefon.

»Oh, könnten Sie bitte doch noch einen kleinen Moment warten, Mildred? Ich gehe nur schnell ran.« Schon bevor sie zu Ende gesprochen hatte, war sie bereits durch den Flur gelaufen, der die Räume des *Nestes* miteinander verband. Außer Atem nahm sie den Hörer, las auf dem Display *Waisenhaus* und meldete sich.

»Hallo, Roberta, was gibt es denn noch?«

»Hallo, Liebes! Tut mir leid, wenn ich dich schon zum zweiten Mal an diesem Vormittag stören muss, aber ich habe gerade einen Anruf bekommen. Stell dir vor, wir bekommen einen Neuzugang: ein kleines Mädchen, ungefähr zwei Wochen alt.«

»Wie bitte? Ein Neugeborenes? So einen Fall hatten wir ja schon lange nicht mehr.« Samantha atmete laut aus. »Und was ist mit den Eltern?«

»Das weiß wohl in diesem Moment niemand. Die Kleine ist mitten in Rye vor einem Supermarkt gefunden worden. Sie hat dort in einem schäbigen Kinderwagen gelegen. Ein Angestellter hatte sich schon gewundert, dass eine Mutter ihr Kind nicht mit in den Laden genommen hatte, wenn sie schon stundenlang einkaufen ging. Gesehen hatte er diese nicht. Als er kurz vor Ladenschluss dann wieder nach draußen gegangen war, um die Regale mit den Pflanzen in die Kühlung zu fahren, hat der Kinderwagen noch immer dort gestanden. Er hat hineingesehen und ist wohl ziemlich erschrocken, weil er gedacht hat, das Kind wäre dort gestorben und er hätte es vielleicht verhindern können, wenn er früher nachgesehen hätte. Jedenfalls hat er sofort die Polizei verständigt und gesagt, das Baby sei noch ganz winzig, außerdem blau im Gesicht – vermutlich tot.«

»Mein Gott, was für eine Geschichte!«, sagte Samantha tief ergriffen und ließ sich in den nächsten Sessel fallen.

»Ja, so ein armes kleines Schätzchen. Wenigstens ist es am Leben. Aber versetz dich mal in diesen armen Mann, der es gefunden hat. Schaut in einen Kinderwagen und meint darin ein totes Baby zu sehen! Diesen Schreck wird der doch sein Leben lang nicht mehr los.«

»Ich versetze mich lieber in diese arme Mutter, die wohl keinen anderen Ausweg aus ihrer Situation gesehen hat, als ihr Kind am helllichten Tag mitten in der Stadt auszusetzen. Nicht nur, dass sie sich ganz offenbar in einer Ausnahmesituation befunden haben muss. Sie bewegt sich jetzt außerdem in der Illegalität und riskiert, mit ihrer Verzweiflungstat für Jahre ins Gefängnis zu kommen, falls man sie je finden sollte.«

»Ja, falls …«, erwiderte Roberta in resigniertem Tonfall. »Aber dass solche Fälle meistens im Sande verlaufen, ist auch bekannt. Wobei ich das ja eher für ein Glück halte. Denn was nützt es schon einem Baby, wenn seine Mutter hinter Gittern sitzt, bis es fünf Jahre alt ist? Und ich kann mir auch nicht vorstellen, dass eine verzweifelte Frau ihr Leben durch eine Gefängnisstrafe leichter in den Griff bekommt.«

»Diese hohen Strafen sollen die Mütter wohl abschrecken. Aber ich verstehe einfach nicht, warum es in unserem Land nicht auch so eine Babyklappe in den Krankenhäusern gibt wie in den meisten anderen europäischen Ländern. Zumindest für die Sicherheit der Kinder wäre das doch das Beste.«

»Da stimme ich dir vollkommen zu, Liebes.«

»Aber wir werden die Welt wohl heute nicht mehr ändern. Wo ist denn die Kleine jetzt?«

»Sie liegt im Krankenhaus von Rye auf der Kinderstation. Das Jugendamt hat mich eben darüber informiert. Es müsste dringend in pflegerische Obhut genommen werden und die in der Klinik können das leider derzeit nicht leisten – zu wenige Betten und viel zu wenig Personal.«

»Verstehe. Wann wird es denn zu uns gebracht?«

»Das ist es ja – das Jugendamt kann wegen der Urlaubszeit im Moment niemanden dazu abstellen. Und sie fragen, ob wir die Kleine selbst abholen könnten – ausnahmsweise. Was soll ich denen denn jetzt antworten?«

»Puh!« Samantha atmete geräuschvoll aus und sah auf ihre Armbanduhr. Sie überlegte kurz. »Ja, du kannst von mir aus zusagen. Ich hole das arme Würmchen ab. Dann verschieben wir eben unseren Familiennachmittag. Der Babyautositz von Colin ist sicherlich noch irgendwo in der Garage aufbewahrt worden. Ich werde gleich mal Henderson fragen und werde dann direkt nach dem Mittagessen losfahren.«

»Gut, das gebe ich weiter. Bis später!«

»Ja, bis später!« Sie wollte gerade auflegen. »Ach, noch etwas, Roberta – Mildred kommt jetzt gleich zu euch zur Verstärkung.«

»Prima, und was ist mit Frank und Colin? Sollen wir auf sie aufpassen, während du in Rye bist?«

»Ich denke, das wird nicht nötig sein. Michael hatte sich ja darauf eingestellt, dass wir gemeinsam etwas unternehmen. Es sei denn, er hat inzwischen keine Zeit mehr. Weißt du, er heckt im Moment irgendetwas aus.«

»So? Was denn?«

»Ich habe keine Ahnung, aber ich nehme an, es hat etwas mit unserer Krise oder, besser gesagt, mit unserer Versöhnung zu tun. Er macht um – was auch immer – ein so großes Geheimnis, dass es mich langsam wahnsinnig macht. Also, falls du Lust und Gelegenheit haben solltest, ihm ein wenig auf den Zahn zu fühlen …«

»Oh, ich liebe Geheimnisse …«, erwiderte Roberta mit einem Kichern.

Beim Mittagessen sorgte der über den Haufen geworfene Nachmittag zunächst für etwas Enttäuschung bei Frank. »Schade, Mummy, ich hatte mich doch schon so gefreut«, maulte er. »Ich weiß, mein Schatz. Ich doch auch. Aber unser Ausflug ist nur verschoben, nicht abgesagt, Franky«, erwiderte sie in liebevollem Ton und streichelte sein rotes Haar, das in diesem Moment widerborstig abstand. »Stell dir doch nur einmal vor, da liegt ein winzig kleines Baby ganz einsam in einem Krankenhaus und hat keinen Menschen auf der ganzen Welt. Da ist niemand, der es liebt und der sich darum kümmert. Es ist ganz allein und weiß nicht, wo es hingehört.«

Frank hörte ihr zu und erwiderte nachdenklich: »War das auch so, als ich ein Baby war?«

Samantha spürte, wie es ihr in dieser Sekunde kalt den Rücken herunterlief und sie wechselte einen erschrockenen Blick mit Michael. Das Thema schien sie an diesem Tag zu verfolgen. Sie hoffte inständig, dass der Moment noch nicht gekommen war, ihrem Sohn die Wahrheit über seine Mutter und seine Herkunft zu sagen.

Bitte noch nicht jetzt!

Da sie zu überrascht war, um zu antworten, fragte der Junge weiter: »Ich meine, bin ich damals auch abgeholt worden, damit sich jemand um mich kümmert?«

»Ich bin zwar nicht dabei gewesen, aber ich glaube schon.«

»Hat Roberta mich abgeholt?«

»Ich denke, so wird es gewesen sein.«

»Na gut, dann verstehe ich, dass du hinfahren musst. Dann verschieben wir es halt auf ein anderes Mal.« Er klang gefasst – wie Roberta es ihr erst kürzlich auch schon einmal beschrieben hatte –, sah aber noch immer enttäuscht aus.

»Nichts da!« Michael sprang plötzlich auf und hielt sich die Kelle seines Suppenlöffels vor ein Auge. Mit irrem Blick musterte sein anderes Auge jeden Einzelnen am Tisch, als er mit verstellter, rauer Stimme weitersprach: »Lassen wir die Landratte doch fahren! Als Piraten sind wir doch sowieso lieber unter uns, nicht wahr, Männer?«

Frank schrie begeistert auf und klatschte vor Freude in die Hände. Colin quiekte vor Vergnügen mit und Samantha grinste ihren Mann an. Diese neue Seite an ihm gefiel ihr ausgesprochen gut.

»He, du da, Weib!«, rief Michael Rose zu, die vor Schreck erstarrte und beinahe einen Stapel mit Tellern fallen ließ. »Wir brauchen Proviant und natürlich ein Fass voll Rum!«

»Rum«, wiederholte die Köchin tonlos und stand nur da, als wagte sie es nicht, sich von der Stelle zu rühren. Samantha eilte ihr zu Hilfe, indem sie sich vom Tisch erhob, nach nebenan in die Speisekammer verschwand und kurz darauf mit einer Flasche hausgemachten Apfelsaftes zurückkam und diesen geräuschvoll auf den Tisch stellte.

»Natürlich Rum! Piraten trinken doch gar nichts anderes.«

»Ach so, ja … Rum«, stammelte Rose kichernd und erholte sich langsam von dieser Überraschung. »Und als Proviant wünschen die Herren Piraten wohl einen fetten Braten, wie?« Nun war sie es, die – unter der Begleitung erstaunter Augenpaare – den Vorratsraum stürmte und mit einer Packung Kekse und drei Äpfeln zurückkehrte.

»Aye, Braten! Was denn sonst?«, grölte der Pirat, den Löffel noch immer ans Auge gepresst, und seine beiden Mannen grölten mit.

In wogendem Seemannsschritt umrundete der ungehobelte Kerl dann den Tisch und drückte der braven Köchin einen schmatzenden Kuss auf die Wange.

»Danke, Weib!«, entgegnete er brüsk, anschließend packte er Samantha um die Taille und zog sie dicht an sich heran. »Das nächste Mal entführen wir dich auf unsere Pirateninsel, schönste aller Königinnen«, sagte er eindringlich und küsste sie unter Gejohle der Anwesenden verwegen auf den Mund. Danach ließ er sie los und rief: »So, und jetzt kommt mit mir mit, Männer! Wir sind schließlich nicht zum Vergnügen hier – wir haben einen Schatz zu heben …«

10

Etwa eine halbe Stunde dauerte die Fahrt bis nach Rye. Samantha parkte den Wagen auf dem Besucherparkplatz, nahm die Babyschale aus dem Fond und begab sich damit zum Eingang des Krankenhauses. Einer Informationstafel entnahm sie, wohin sie sich wenden musste, und fuhr mit dem Lift hoch in den dritten Stock, wo sich die Kinderabteilung befand. Stickige und stark von Desinfektionsmitteln durchsetzte Luft empfing sie hinter einer Glastür. Sie durchschritt einen langen Flur, der mit orangegelbem Linoleum ausgelegt war. *Wenigstens eine fröhliche Farbe für die Kinder,* dachte sie dabei, und fand schließlich das Schwesternzimmer.

»Guten Tag, mein Name ist Samantha Tomlinson. Ich komme von *Cardington Home.* Ich soll hier ein neugeborenes Mädchen abholen, das vor diesem Supermarkt gefunden worden ist. Das Jugendamt hat uns verständigt.«

»Guten Tag, Mrs Tomlinson«, erwiderte eine ältere Schwester, die Samantha sofort an Roberta erinnerte, zumindest so, wie diese früher ausgesehen hatte. »Ich bin Schwester Ruth.« Sie gaben sich zur Begrüßung die Hand, und die Schwester fuhr fort: »Schön, dass Sie gekommen sind, aber ich fürchte, es war umsonst. Hat Sie denn niemand informiert, dass das Kind heute nicht mehr transportfähig ist?«

»Nicht mehr transportfähig? Aber … aber was soll denn das heißen?« Samantha brach der Schweiß aus. »Und nein, mich hat niemand informiert.« Sie stellte die Babytrageschale ermattet auf dem Boden ab.

»Das Kind liegt seit heute früh auf der Intensivstation. Eine unserer Schwesternschülerinnen hatte den Auftrag, Sie zu benachrichtigen. Komisch, dass sie es nicht getan hat.« Schwester Ruth zuckte nachdenklich mit den Schultern. »Ach, es kann sein, dass sie währenddessen in die Notaufnahme gerufen worden ist«, erklärte sie nach einer kleinen Weile. »Wissen Sie, es hat heute Morgen einen schweren Unfall auf der A259 gegeben, darüber ist der Anruf bei Ihnen wohl in Vergessenheit geraten. Entschuldigen Sie.«

Samantha schüttelte nur den Kopf und schnaubte ungehalten.

»Das tut mir jetzt wirklich sehr leid, dass Sie umsonst hierhergekommen sind, Mrs Tomlinson.«

Nicht umsonst, sondern vergeblich, dachte Samantha. *Die Aktion hat mich schließlich den Nachmittag mit meiner Familie gekostet, und jetzt kann ich nicht einmal etwas für dieses arme Baby tun ...*

Laut sagte sie darauf: »Aber warum liegt das Mädchen denn jetzt auf der Intensivstation? Das Jugendamt hat uns nur gesagt, dass wir es selbst holen sollen, weil sie niemanden dafür abstellen können.«

»Ja, das war gestern. Ich habe mit der zuständigen Dame selbst gesprochen.« Schwester Ruth lächelte und danach wurde ihr Ausdruck wieder ernst. »Heute früh bei der Visite ist die Kleine dann irgendwie verändert und apathisch gewesen. Sie hat kaum noch auf äußere Reize reagiert. Und es konnte auch bis jetzt leider noch nicht festgestellt werden, was die Ursache dafür ist. Organisch ist sie an sich völlig gesund, sonst hätten wir ja auch nicht das Jugendamt verständigt, damit die sie abholen.«

»Oje, das arme Schätzchen. Kann ich sie sehen?«

»Ja, natürlich, ich kann sie Ihnen schon zeigen, kommen Sie. Die Trageschale können Sie unterdessen hier im Schwesternzimmer lassen.« Samantha bugsierte das unhandliche Ding weiter hinein und folgte Schwester Ruth. Gemeinsam gingen sie den Korridor bis zu dessen Ende entlang, bogen dann nach rechts ab und durchschritten eine Schiebetür aus Edelstahl. Nach einigen Metern blieb Schwester Ruth abrupt vor einer Glaswand stehen und deutete mit dem Zeigefinger knapp auf das, was sich dahinter befand.

»Hier. Hier ist sie. Sie liegt jetzt – wie gesagt – auf *Intensiv* in einem Wärmebettchen und wird künstlich ernährt, weil sie kaum noch die Kraft zum Trinken hat. Außerdem kann sie hier bei Bedarf sofort künstlich beatmet werden, falls ihre Atmung aussetzen sollte. Wie bereits erwähnt, gestern schien sie uns noch gesund. Aber seit heute Morgen sind ihre Vitalfunktionen leider nur noch sehr schwach.«

Samantha hörte die sachlichen Worte der Schwester und versuchte gleichzeitig, in einem Gewirr aus Gerätschaften, Kabeln, Schläuchen, blinkenden Lämpchen und Maschinen ein Kinderbett auszumachen, in dem sich ein Baby befinden sollte. Als sie die Kleine endlich entdeckt hatte, brach ihr fast das Herz. In einem sterilen Glaskasten – einem überdimensionierten Terrarium gleich – lag die Miniatur eines Kindes, ein winziger Mensch wie aus zartrosafarbenem Wachs geformt. Nackt. Zerbrechlich. Unwirklich. Die Äuglein hatte es fest geschlossen. Eine durchsichtige Flüssigkeit tropfte aus einer über Kopf hängenden Flasche über einen Schlauch und eine Injektionsnadel in die Armbeuge. Der Zeigefinger der Puppenhand war mit einer klobigen Kappe bedeckt, die in regelmäßigen Abständen leuchtete und offenbar Informationen an ein weiteres Gerät durchgab.

»Oh mein Gott«, flüsterte Samantha ergriffen, während ihr Tränen in die Augen stiegen. »Warum ist sie denn so klein?«, fragte sie nach einer Weile. »Ich weiß zwar, dass sie erst zwei Wochen alt ist, aber sie kommt mir viel kleiner vor als mein Sohn damals. Ist sie eine Frühgeburt?«

»Da haben Sie vollkommen recht. Sie ist sehr klein, aber sie ist keinesfalls eine Frühgeburt, dafür ist sie wiederum zu gut entwickelt. Aber wir tippen auf eine Mangelversorgung während der Schwangerschaft. Die Mutter hat sich in der Zeit offenbar nicht einmal richtig um sich selbst kümmern können.«

Genau wie bei Vivien Sloane, dachte Samantha.

»Ist … ist ihr denn nicht kalt? Sie sieht so aus, als ob sie …«, kam es bruchstückhaft von Samantha, da sie um das Schicksal der Kleinen so aufgeregt war.

»Nein, Mrs Tomlinson, ganz bestimmt nicht. Die Temperatur in dem Bettchen beträgt 37,5°C, genau wie im Mutterleib.«

»Bettchen …«, wiederholte Samantha und schnaubte leise.

»Mrs Tomlinson, wir machen so etwas nicht zum ersten Mal, Sie können also ganz beruhigt sein.« Der Tonfall der Schwester hatte sich ein wenig verschärft. »Und Sie dürfen mir glauben, dass wir das Kind auch lieber in einer kuscheligen Wiege sehen würden als auf unserer Intensivstation.«

»Natürlich … bitte, entschuldigen Sie.« Samantha bemühte sich, gegen den Kloß in ihrem Hals anzukämpfen, der sich wieder gebildet hatte. Sie wusste ja eigentlich, dass die Schwestern und Ärzte nur ihre Pflicht taten. Auch im Waisenhaus waren die Möglichkeiten doch manchmal begrenzt – bei allem Idealismus und den zumeist gesunden Kindern –, es gab Umstände, die konnte man nicht ändern. »Dürfte ich vielleicht einmal kurz zu ihr hineingehen und sie ein bisschen streicheln?«

»Um das Kind auch noch zusätzlich mit unzähligen Erregern zu belasten? Wo denken Sie hin?« Die Schwester gab sich erheitert, jedenfalls angesichts Samanthas Unwissenheit. »Uns reichen weiß Gott schon die krankenhauseigenen Keime.«

»Aber die arme Kleine kommt mir hier drin so verloren vor. Jemand muss sie doch berühren und ihr etwas

Geborgenheit vermitteln.«

»Da gebe ich Ihnen völlig recht, Mrs Tomlinson. Glauben Sie mir, wir tun hier wirklich unser Bestes. Aber wir können auch nichts dafür, dass die Mutter ihr Baby ausgesetzt und uns damit die ganze Verantwortung zugeschoben hat. Für die persönliche Betreuung, die dieses arme Kind bräuchte, haben wir hier erstens keine Zeit – schließlich ist gerade Urlaubszeit und wir haben an allen Ecken und Enden Personalnotstand. Und zweitens muss das warten, bis sie wieder ganz gesund ist. Und bis dahin dürfen auch die Ärzte und wir Schwestern da nur mit steriler Kleidung und Handschuhen rein.«

Samantha nickte matt. Sie fühlte sich zu diesem Zeitpunkt bereits innerlich aufgerieben – zwischen ihrem Mitgefühl für das winzige Baby einerseits und dem Verständnis für Schwester Ruth andererseits. Dann fragte sie: »Wie heißt das Kind denn eigentlich?« Sie sah die Schwester aus dem Augenwinkel an, und weil diese nicht sofort antwortete, fügte Samantha noch hinzu: »Ich meine, hat ihr überhaupt schon jemand einen Namen gegeben? Die Mutter vielleicht? Lag ein Zettel dabei?«

»Einen Namen? Nein, bisher hat sie wohl noch keinen bekommen. In der Decke, in die sie gewickelt war, und auch in den Sachen, die sie anhatte, war nichts von einem Namen zu finden. Auch kein Zettel von der Mutter, wie man es ja oft im Fernsehen sieht. Im wirklichen Leben vermeiden es Mütter, die ihr Kind aussetzen, etwas Handschriftliches zu hinterlassen, weil sie ja eben nicht wollen, dass man sie findet.«

»Ich verstehe. Aber jemand müsste ihr doch einen Namen geben. Ich meine, jeder Mensch sollte doch einen Namen haben, nicht wahr?«

»Das ist richtig, nur hatte leider noch niemand von uns Zeit oder einen freien Kopf dafür. Wir haben das Kind nur gefunden und aufgepäppelt, so gut es ihre Konstitution eben zugelassen hat. Aber einen Namen – einen richtigen Namen fürs Leben – können Sie ihr dann ja geben, wenn Sie sie zu sich ins Waisenhaus holen.«

Lilian, schoss es Samantha im selben Moment durch den Kopf.

»Ja, das ist doch wirklich ein hübscher Name für unser kleines Findelkind«, sagte die Schwester.

»Habe ich das jetzt etwa laut gesagt? Ich meinte, ich hätte es nur gedacht.«

»Gedacht vielleicht – aber eben laut.« Schwester Ruth lächelte auf einmal. »Wie sind Sie denn jetzt plötzlich auf den Namen *Lilian* gekommen? Er ist wirklich ausgesprochen hübsch.«

»Ich weiß es nicht. Er war ganz plötzlich in meinem Kopf«, erwiderte Samantha verwundert.

Die Schwester sah sie daraufhin freundlich an und zog sie sanft von der Glaswand fort. »Mrs Tomlinson, ich müsste jetzt langsam wieder zurück auf meine Station. Dort warten nämlich auch sehr viele Kinder auf mich. Hier können wir gerade eh nichts tun. Nur abwarten, wie sich das Kind weiterhin entwickelt. Aber lassen Sie uns doch einfach so verbleiben: Ich rufe Sie an, sobald es dem Kind – ich meine, Lilian – besser geht, und dann können Sie sie sofort abholen kommen, einverstanden?«

»Einverstanden.« Samantha nickte und warf einen letzten wehmütigen Blick in den Intensivbereich, wo alles unverändert schien, als würde dort die Zeit nicht vergehen. Sie lächelte enttäuscht und bedankte sich bei Ruth.

»Und den Babysitz verwahre ich einstweilen im Schwesternzimmer für Sie …«

Mit Tränen in den Augen und Kopfschmerzen vom vielen Nachdenken legte sie den Heimweg zurück. Ohne dass ihr die Einzelheiten der Fahrt bewusst gewesen waren, befand sie sich auf einmal wieder auf Cardington Manor und stellte ihren Wagen ab. Im selben Moment, in dem sie aus der Garage trat, stürmte Frank bereits mit großer Freude auf sie zu, und natürlich war ihm Robin auf den Fersen.

»Mummy!«, rief er und stürzte sich mit Wucht in ihre Arme. »Wir sind auch jetzt gerade erst von unserer Schatzinsel zurückgekommen.« In seinen Händen hielt er große goldfarbene Münzen, die augenscheinlich mit Schokolade gefüllt waren, wie sie an seinem verschmierten Mund erkannte.

»Hui, da hast du ja einen richtigen Schatz gefunden.«

»Ja, das sind echte Golddublonen und die waren auf einer Insel in der Karibik vergraben, aber wie sie heißt, habe ich vergessen.«

In ein paar Metern Entfernung konnte sie in diesem Augenblick beobachten, wie Michael einen winzigen Piraten, der offenbar vor dem Schlaf kapituliert hatte, aus dem Auto hob. Sie sah nun wieder Frank an und zwang sich zu einem freudigen Lächeln.

»Und? Ist es denn schön gewesen auf eurer Pirateninsel, mein Schatz, und habt ihr viel Spaß gehabt?«

»Ja, es war sehr schön und ganz toll aufregend!« Nach der Begrüßung lief der Junge schnurstracks zu ihrem Wagen hin und sah sich auf Zehenspitzen suchend im Fond um. »Aber wo ist es denn, das Baby? Ich wollte es doch begrüßen. Hast du es etwa schon rüber zu Roberta ins Waisenhaus gebracht? Ohne es mir zu zeigen?«

»Nein, leider nicht«, sagte sie traurig. »Das Baby ist plötzlich krank geworden und muss noch ein bisschen im Krankenhaus bleiben. Aber wenn es wieder gesund ist, ruft mich die Krankenschwester sofort an, damit ich gleich wieder hinfahren und es holen kann.«

Michael war mit Colin auf dem Arm inzwischen neben ihr angekommen und küsste sie zur Begrüßung auf die Wange. Er hatte ihre letzten Worte mit angehört.

»Oje, das Baby ist krank? Das hätten die dir aber ruhig vorher sagen können, dann hättest du uns begleiten können. Wir hatten nämlich eine Menge Spaß, stimmts, du alter Pirat?« Mit der freien Hand strubbelte er durch Franks Haar. Der Junge nickte begeistert und schmiegte sich an seinen Vater.

Samantha kämpfte jetzt erneut mit den Tränen. »Ist schon in Ordnung. Mir ist gerade eh nicht nach so viel Spaß zumute ... und es war gut, dass ich dort gewesen bin. Auch wenn ich die Kleine nicht habe mitnehmen können.«

»Was fehlt ihr denn?«, fragte Michael leiser, als Frank schon vorausgelaufen war. »Ist es schlimm? Du machst den Eindruck, als wäre es sehr schlimm.« Er sah sie zärtlich an und streichelte ihre Wange.

»Sie wissen es noch nicht. Die Kleine ist wohl heute Morgen bei der Visite irgendwie apathisch gewesen und hat kaum noch reagiert. Und jetzt liegt sie auf der Intensivstation und kämpft um ihr nacktes Überleben.« Nach ihren letzten Worten konnte sie ihre Tränen nicht länger zurückhalten. »Michael, du machst dir ja keine Vorstellung, wie schrecklich es ist, ein Baby so dort liegen zu sehen, während tausend Nadeln und Schläuche überall aus diesem winzigen Körper herauskommen und ...« Schluchzend unterbrach sie sich.

Michael blieb stehen und umarmte sie mit seinem freien Arm, während sie sich an seiner Schulter ausweinte. »Mein armer Schatz«, sagte er leise. »Es tut mir leid, dass du so etwas Trauriges mit ansehen musstest.« Er küsste sie sanft aufs Haar.

»Und das Ganze war auch noch so würdelos und so lieblos, wie es da in diesem Glaskasten liegen musste, und niemand war bei ihm und hat es angefasst und ...«, klagte sie weiter, und Michael wusste nicht mehr, was er noch sagen konnte, um seine Sammy zu trösten.

11

Am Abend machten sie es sich im Kaminzimmer gemütlich. Weil seine Frau fröstelte, befeuerte Michael den mannshohen Ofen mit dicken Scheiten, bis es loderte und knackte. Samantha zündete indes sämtliche Kerzen an, derer sie habhaft werden konnte, und verteilte sie gleichmäßig im ganzen Raum. Die flackernde Beleuchtung erzeugte in Verbindung mit den antiken Möbeln die geheimnisvolle Atmosphäre einer Charles Dickens-Verfilmung. Roberta hütete derweil Colin und Frank. Sie hatte sich angeboten, die beiden ins Bett zu bringen, und wollte ihnen auch noch eine Gutenachtgeschichte vorlesen. Samantha und Michael nahmen in zwei schwarzledernen Clubsesseln Platz, die nebeneinander mit Blickrichtung zum Feuer ausgerichtet waren. Michael hatte zuvor eine edle Flasche Rotwein geöffnet und dekantiert, und nun ließen sie ihre Gläser beim Zuprosten sanft erklingen. Während sie in die Flammen schauten und der Geschmacksvielfalt des ersten Schlucks nachspürten, setzte sogleich die ersehnte Entspannung ein. Was für eine Wohltat! Das Tagwerk war vollbracht.

»So ein ereignisreicher Tag. Also, ich bin für die nächste Zeit bedient, was die Berührung mit tragischen Schicksalen anbelangt, und zwar restlos«, sagte Samantha und seufzte erschöpft auf.

»Das glaube ich dir gerne, mein Schatz. Mein Tag war zwar auch nicht ganz ohne, aber wenigstens habe ich am Nachmittag Spaß mit unseren Jungs gehabt. Außerdem nehmen mich solche Ereignisse gefühlsmäßig ja nicht so sehr mit wie dich. Ich lasse so etwas einfach nicht derart nah an mich heran. Vielleicht solltest du dich künftig auch besser schützen.«

»Da sagst du etwas Richtiges. Weinen ist so anstrengend, finde ich. Und zu allem Überfluss bekomme ich meistens davon auch noch Kopfschmerzen.« Sie trank einen weiteren Schluck Wein und stellte ihr Glas auf dem Beistelltisch zwischen den Sesseln ab. »Sei froh, dass du davon nicht betroffen bist. Ich habe dir ja heute Morgen schon versichert, dass du ein beneidenswertes Naturell besitzt – o Gott, war das wirklich erst heute Morgen? Es kommt mir vor, als wäre inzwischen eine ganze Woche vergangen, so viel ist seither passiert.« Sie schnaubte und schüttelte verwundert den Kopf.

»Allerdings bin ich darüber froh.« Er sah sie von der Seite an und grinste frech. »Stell dir nur mal vor, ich würde auch bei jeder Gelegenheit in Tränen ausbrechen. Wer sollte uns denn dann trösten?«

»Eine nette Vorstellung. Ja, ganz bezaubernd.« Sie verdrehte die Augen und lachte nur. Der alte Wein hatte offenbar seine beruhigende Wirkung entfaltet. Nach einer Weile sagte sie auf einmal in die knisternde Behaglichkeit hinein: »Das hast du heute übrigens richtig toll gemacht mit den beiden.« Sie schaute liebevoll zu ihm hinüber. »Wie du da so plötzlich den wilden Piraten aus dem Ärmel geschüttelt hast ... also, Chapeau! Das hätte man in dem Moment wirklich nicht besser machen können.«

»Ach was ...«, wiegelte er ab, »... das hat mir doch selbst Spaß gemacht. Und spätestens jetzt müsstest du wissen, dass du eigentlich drei Jungs hast.« Er lachte kurz auf und steckte sie mit seiner Heiterkeit an.

»Noch so eine nette Vorstellung. Aber du solltest dieses Lob wirklich annehmen. Das war richtig gut. Die Jungs haben so gestrahlt, auch wenn unser jüngster Pirat noch nicht alles verstanden hat.« Der Gedanke an Colin und wie er seinen großen Bruder stets nachahmte, entzückte beide Eltern.

»Ja, das waren heute so richtig schöne Stunden mit

meinen Söhnen, und ich bin so stolz auf die beiden. Ohne unsere Krise hätte ich diesen Nachmittag mit ihnen nicht erlebt, denn dann hätte ich diese Chance beim Mittagessen nicht ergriffen und hätte mich damit wirklich um vieles gebracht.«

Für einen kurzen Moment schwiegen sie.

Dann fragte Samantha unvermittelt: »Sag mal, und woher hast du eigentlich heute so plötzlich diese Goldmünzen aus Schokolade gezaubert?« Sie schüttelte fasziniert den Kopf.

»Ja, da staunst du, nicht wahr? Aber ich werde es dir verraten, du Landratte.« Während er das mit verstellter Piratenstimme sagte, hielt er sich ein Auge zu und sah sie mit dem anderen eindringlich an. »Kurz vor Winchelsea Beach gibt es so einen Laden für Piratenbedarf und ...«

Sie lachte auf. »Was erzählst du mir denn da für Geschichten? Laden für Piratenbedarf?«

»Die Tankstelle an der Hauptstraße«, flüsterte er wieder als Michael und dann lachten sie beide.

»Schönste aller Königinnen, gerade fällt mir ein, dass ich dich doch entführen wollte.« Er stand aus seinem Sessel auf, nahm ihr das Glas aus der Hand und stellte es auf dem Tischchen ab. Dann beugte er sich zu ihr herunter, nahm ihren Kopf in beide Hände und küsste ihre Lippen, die der alte Wein verführerisch verfärbt hatte.

»Du alter Pirat nutzt es schamlos aus, dass ich heute Abend schon einen kleinen Schwips habe«, sagte sie beim Atemholen und begegnete seinem Feuer immer wieder mit gleicher Glut.

»Lass uns doch nach oben gehen, Sammy, und dort gemeinsam nach einem Schatz suchen.«

Bevor sie ihrer Abmachung wegen dagegen protestieren konnte, klopfte es an der Tür und sie sah ihn fragend an. »Wer ist denn das jetzt noch so spät? Erwartest du etwa noch jemanden?«

»Ach, das könnte Henderson sein. Ich habe ihm vorhin verraten, wo wir uns versteckt halten. Das hatte ich völlig vergessen.« Er lächelte bedauernd. Nach einem winzigen letzten Kuss auf ihre Stirn ließ er widerstrebend von ihr ab und erhob sich wieder. »Vielleicht hat er uns ja schon etwas zu berichten – in geheimer Mission, du verstehst?«

Er öffnete selbst die Tür und kehrte in Begleitung des Butlers zurück.

»Bitte, verzeihen Sie mir die Störung, Mrs Tomlinson«, sagte Henderson beim Näherkommen und sie merkte ihm die Peinlichkeit an.

»Ach was, mein guter Henderson! Setzen Sie sich doch bitte und leisten Sie uns ein wenig Gesellschaft. Trinken Sie ein Glas von diesem herrlich uralten Bordeaux mit uns?«

»Zu freundlich, Mrs Tomlinson. Da sage ich ausnahmsweise einmal nicht Nein.«

»Wir hatten heute wohl alle einen anstrengenden Tag, wie?«

Henderson nickte nur und Michael rückte nun auch für ihn einen Sessel vor dem Kamin zurecht, auf dem der Butler dankend Platz nahm. Danach ging Michael hinüber zum Barschrank, neigte den Dekanter und ließ den kostbaren rubinroten Inhalt in einen langstieligen Kelch fließen.

»Verbindlichsten Dank, Mr Tomlinson.« Henderson betrachtete sein Glas gegen das Licht des Feuers und schnupperte auch daran. Er war bereits vor dem ersten Schluck entzückt. »Was für eine wunderschöne Farbe er hat und wie er duftet …« Dann sah er seine jungen Dienstherren an und hob sein Glas. »Ich erlaube mir, auf Ihr Wohl zu trinken.«

Sie dankten und erwiderten, und schließlich führten sie alle den edlen Tropfen seiner Bestimmung zu. Nach einer genussreichen Weile mit angenehmem Geplauder in behaglicher Wärme fragte Michael dann direkt: »Haben Sie denn heute schon etwas für uns über Jefferson herausfinden können?«

Henderson wand sich ein wenig, bevor er antwortete: »Ja und nein, also, nicht direkt. Zuerst dachte ich es, aber dann …«

Samantha lachte. »Das klingt ja richtig spannend. So aufregend habe ich mir die Angelegenheit nicht vorgestellt.«

»Das ist sie auch in Wirklichkeit nicht, liebe Mrs Tomlinson. Der junge Mann ist bis jetzt zwar eindeutig über jeden Zweifel erhaben. Er kann alles und weiß alles, soweit ich es in Erfahrung bringen konnte, nur …«

»Nur?«, fragten beide gleichzeitig und lachten sich danach zu.

»Nur …« Henderson schüttelte den Kopf. »Ich weiß nicht, wie ich mich ausdrücken soll. Dieser Jefferson … er pflegt mich immer ein wenig merkwürdig anzusehen. Egal, ob ich ihn gerade anschaue oder nicht – gerade so, als wäre ich jemand ganz Besonderes für ihn, verstehen Sie?«

»Aber das sind Sie doch auch. Das hat er doch in unserem Beisein selbst gesagt. Offenbar hat er während seiner Ausbildung schon eine Menge über Sie gehört und verehrt Sie jetzt eben wie ein Vorbild«, erwiderte Samantha und wandte sich dann an ihren Mann. »Du musst das doch auch gehört haben. Das war, als wir vom Flughafen gekommen sind und Jefferson vorgestellt haben.«

Michael nickte zur Bestätigung. »Nicht nur dann. Er lässt das wirklich bei jeder Gelegenheit durchblicken. Dieser Jefferson scheint einen richtigen Narren an Ihnen gefressen zu haben, Henderson.«

»Das mag ja alles sein, Mrs Tomlinson, Mr Tomlinson, aber so etwas ist mir einfach unangenehm, können Sie das nachempfinden?« Er wand sich noch immer und sie konnten sehen, dass das, was er sagte, der Wahrheit entsprach. »Ich bin an so etwas nicht gewöhnt und werde mich sicher auch nicht mehr daran gewöhnen.«

»Das kann ich gut verstehen.« Michael grinste in Weinlaune. »Würde mir nicht anders ergehen, wenn solch ein Kerl mich die ganze Zeit über anstarren würde.«

Samantha knuffte ihn für diesen Kommentar in die Seite und schüttelte mit gespielter Empörung den Kopf.

»Aber natürlich werde ich trotzdem weiterhin an der Sache dranbleiben«, versicherte Henderson in gewohnter Verlässlichkeit. »Es ist ja nur für kurze Zeit.«

»Das wäre wirklich wundervoll von Ihnen«, entgegnete Samantha.

»Ja, das wäre es in der Tat«, bekräftigte Michael.

»Ich hatte heute übrigens noch einen Einfall und wollte Sie beide fragen, was Sie davon halten«, begann Henderson vorsichtig.

»Und zwar?«, fragten sie erneut im Chor und unterbrachen ihn so für einen Augenblick.

»Nun, ich kenne zufällig den obersten Leiter der Butlerschule, auf der Jefferson seine Prüfung abgelegt hat. Der Mann heißt Angus Bishop und ist ein alter Freund und Kollege von mir. Ich könnte Angus fragen, ob er irgendetwas über unseren Jefferson zu berichten weiß. Aber ich wollte so einen Schritt natürlich nicht ohne Ihre Zustimmung in die Wege leiten …« Er sah die beiden abwartend, fast fragend an.

»Das ist ja eine großartige Idee!«, rief Samantha begeistert. »Was für ein wunderbarer Zufall, dass Sie ausgerechnet diesen Herrn kennen.«

»Ja, unseren Segen haben Sie. Wenn Jefferson sonst schon keine Referenzen vorzuweisen hat – irgendwo müssen wir uns ja schließlich über ihn informieren.« Michael nickte zufrieden und brachte danach noch ein letztes Mal an diesem Abend den Dekanter zum Einsatz

12

Als Samantha erwachte, lag sie in Michaels Armen, mit dem Kopf auf seiner Brust, die sich sanft und gleichmäßig hob und wieder senkte. In Verbindung mit dem Geräusch seiner Atmung musste sie an das Rauschen des Meeres denken sowie an das hypnotische Gleichmaß der Wellenbewegungen. Erneut schloss sie die Augen und genoss das Gefühl. Sie seufzte, denn sie liebte das Meer. Nicht unbedingt, um darin zu baden oder gar zu schwimmen, das war ihr dann doch meist etwas zu kalt. Aber doch, um es anzusehen. Nur davorzusitzen und es zu betrachten, stundenlang. Obwohl Cardington Manor nicht weit vom Ärmelkanal entfernt lag, ergab es sich doch nur äußerst selten, dass sie sich einen Nachmittag am Strand gönnen konnte. Seit Colin geboren war, war dies nicht ein einziges Mal der Fall gewesen, überschlug sie im Geiste. Und davor? Ihre letzten Stunden am Strand fielen wohl noch in die Zeit ihrer Ehe mit Charles. Es war kaum zu glauben. Sie seufzte erneut. Zu gerne wäre sie in diesem Moment gestern doch dabei gewesen, als ihre drei *Männer* den Piratenschatz gehoben hatten. Dann wäre ihr wenigstens das zu Herzen gehende Erlebnis im Krankenhaus erspart geblieben.

Im selben Moment drängten sich die Bilder des vorherigen Tages in ihren Kopf und ihr Puls beschleunigte sich, bis ihr das Herz dröhnend gegen die Rippen schlug. Sie öffnete die Augen und war mit einem Schlag hellwach.

Das kleine Mädchen – Lilian. Wie es ihr wohl heute Morgen ging? Konnte sie womöglich spüren, dass nun auch sie eine Chance auf Leben hatte? Samantha hoffte es inständig, denn das Leben, das sie der Kleinen durch *Cardington Home* würde ermöglichen können, war ein verdammt lebenswertes Leben – in liebevoller Geborgenheit und Sicherheit. Sie hob den Kopf und spähte über Michaels Brust hinweg auf seinen Nachttisch. Der Wecker zeigte 06:18 Uhr an.

Samantha dachte nach. Ihre kleinen Piraten würden sicher noch eine Weile Ruhe geben und schlafen, so erschöpft, wie sie am Abend zuvor gewesen waren. Ein Krankenhaus dagegen schlief nie. Dort gab es immer jemanden, den man erreichen konnte.

Wie in Zeitlupe und äußerst behutsam wand sie sich aus Michaels Armen. Sie griff sich den seidenen Bademantel, der über dem Fußende des Bettes lag, und huschte damit hinüber ins Wohnzimmer. Erst als sie die Tür hinter sich geschlossen hatte, zog sie sich den fließenden Stoff über. Neben dem Telefon lag ihre aktuelle Handtasche, ein geräumigeres Modell, und darin musste sich irgendwo das Kärtchen befinden, das Schwester Ruth ihr beim Abschied gegeben hatte. Ohne Geduld durchforstete sie sämtliche Seitenfächer, fand es aber nicht. Wahrscheinlich hatte sie es in ihrer Ergriffenheit einfach achtlos hineingeworfen, und nun harrte es in den Tiefen des Lederbeutels seiner Bestimmung. Kurzerhand kippte sie den gesamten Inhalt auf den Wohnzimmertisch, breitete ihn hastig aus, und schon nach kurzer Suche hielt sie in der Hand, wonach sie gesucht hatte. Mit Triumph im Herzen tippte sie die Nummer ein, die auf der Karte stand, und freute sich über das Klingelzeichen.

»Hallo? Äh … ich meine, guten Morgen! Mein Name ist Tomlinson«, meldete sie sich noch etwas verschlafen. Ihr Gruß wurde in sprödem Ton nur knapp erwidert. »Ich war gestern auf Ihrer Station bei Schwester Ruth und wollte mich erkundigen, wie es dem kleinen Mädchen heute Morgen geht … dem Baby, Sie wissen schon … dem Findelkind.«

»Ach, Sie meinen die kleine Lilian.« Die sachliche

Stimme nahm augenblicklich eine freundliche Klangfarbe an. »Dann sind Sie bestimmt die Dame von diesem Waisenhaus, die der Kleinen diesen hübschen Namen gegeben hat.«

Samantha war verwundert, dass sich ihr Besuch offenbar schon auf der Station herumgesprochen hatte. Und sie freute sich darüber, dass der Name *Lilian*, der ihr völlig spontan eingefallen war, so guten Anklang bei den Schwestern fand. Für den Bruchteil einer Sekunde keimte nun in ihr die Hoffnung auf, dass ihm vielleicht jetzt, wo das anonyme Wesen dank eines fürsorglichen Menschen einen Namen hatte, möglicherweise mehr Zuwendung zuteilwürde.

»Ja, richtig, die bin ich. Wie geht es der Kleinen denn heute?«

»Ihr Zustand ist leider unverändert, Mrs Tomlinson.«

»Und konnten Sie inzwischen in Erfahrung bringen, was ihr genau fehlt? Ich meine, dass sie schwächer geworden ist, muss doch einen Grund haben ...«

»Leider nein. Sie ist noch einmal untersucht worden, aber es liegt noch kein Befund vor. Bitte, haben Sie noch etwas Geduld. Ich habe ja in der Krankenakte einen Vermerk mit Ihrer Telefonnummer gelesen, und Sie werden sofort von uns benachrichtigt, sobald wir etwas Genaueres wissen. Oder sobald es der kleinen Lilian besser geht und sie transportfähig ist. Sie können sich darauf verlassen, Mrs Tomlinson.«

»Vielen Dank!«, sagte Samantha ein wenig enttäuscht, und nach einem Austausch von Abschiedsfloskeln war das Gespräch beendet.

Als sie ins Schlafzimmer zurückkehrte, lag Michael noch genauso da, wie sie ihn verlassen hatte. Sie warf den Morgenmantel auf das Fußende, kuschelte sich vorsichtig in seine Arme zurück und badete förmlich in der Geborgenheit, die neuerdings von ihrem Mann ausging. Michael hatte sich für sie seit ihrem Neuanfang unglaublich verändert. Und auch seine Prioritäten im Leben schienen jetzt andere zu sein als zuvor. Sie genoss die Wärme und wollte versuchen, auch noch ein bisschen zu schlafen. Doch nun begann auch Michael damit, sich im Bett zu bewegen. Offenbar war er gerade dabei, zu erwachen. Augenblicklich wurde sie von ihm noch enger umfangen als zuvor, und die goldenen Härchen auf seinen Unterarmen schmeichelten an ihren Wangen wie Seide.

Sein Gesicht in ihrem Nacken vergraben, sog er ihren Duft ein und gab einen grunzenden Laut von sich. Sie kicherte und setzte damit den zwischen ihnen vertrauten Automatismus in Gang. Ihre bettwarmen Körper rieben sich aneinander und boten einander genau den Widerstand, der für sie erregend und angenehm war. Er drehte ihren Kopf zu sich herum und fing an sie zu küssen. Seine Hände ließ er indes hinab zu ihren Schenkeln gleiten. »Du schmeckst so gut«, raunte er beim Atemholen.

»Michael … Schatz … ich erinnere dich ungern, aber wir dürfen das hier doch eigentlich gar nicht«, entgegnete sie undeutlich zwischen seinen Küssen und wusste eine Weile lang nicht, ob er sie verstanden hatte, oder nicht.

Bis er schließlich atemlos erwiderte: »Dürfen wir doch … wir sind verheiratet … wir müssen das sogar, eheliche Pflicht und so …«

»Aber war das nicht deine Idee, dass wir es auf keinen Fall tun dürfen?« Sie kicherte.

»Dann war das eben eine blöde Idee, auch wenn sie von mir war …«, stieß er keuchend hervor, während ihr seine Hände und sein Mund weiter zusetzten.

Sollten wir damit nicht lieber doch noch warten?, wollte sie ihn eigentlich fragen, aber seine rechte Hand hatte ihr Ziel inzwischen erreicht und Samantha ihren klaren Verstand im selben Moment verloren. Michael richtete sich nun halb auf und kam über sie. Sie konnte jetzt an nichts anderes mehr denken, außer daran, dass sie ihren Mann wollte – so sehr.

»Mummy, Daddy, seid ihr schon wach?« Die Schlafzimmertür hatte sich geöffnet. »Ich habe etwas ganz Komisches geträumt. Soll ich euch mal sagen, was?« Frank war inzwischen freudig hereinspaziert und machte es sich am Fußende des Bettes gemütlich. Er begann sogleich damit, munter und wortreich von seinem Traum zu erzählen, der von Piratenschiffen, goldenen Dublonen und fernen Inseln handelte.

Im selben Moment presste sein Vater – nur für Samantha hörbar – ein »Wann fängt eigentlich die Schule wieder an?« durch die geschlossenen Zähne und ließ sich resigniert neben sie auf sein Kissen fallen.

»Bald«, flüsterte sie zwinkernd zurück, »aber wir wollten ja ohnehin noch warten.«

Beim Frühstück in der Orangerie saß die ganze Familie vereint. Samantha und Michael aßen an diesem Morgen gebutterten Toast und tranken Darjeeling. Hin und wieder lächelten sie einander befangen an, wenn sich ihre verliebten Blicke trafen und sie sich an das gemeinsame Erwachen erinnerten. Frank fütterte auch an diesem Morgen voller Hingabe seinen kleinen Bruder. Roberta hatte am Vorabend die Nachricht über das kranke Baby mit ähnlich großer Bestürzung aufgenommen wie Samantha. Ihre erste Frage an diesem jungen Tag galt folglich dem kleinen Mädchen.

»Die haben gesagt, sie melden sich, sobald ich die Kleine holen kann«, erzählte Samantha ihr. »Oder wenn sie wissen, was ihr fehlt.«

»Dann hoffen wir mal, dass es dem armen Würmchen bald besser geht und sie endlich zu uns …« Roberta verstummte abrupt, als Henderson den Frühstücksraum betrat.

Samantha blickte überrascht zwischen ihnen hin und her und bemerkte, wie sie vermieden, sich anzusehen. Sie fühlte sich in die Zeit zurückversetzt, als sich die beiden ineinander verliebt, aber es sich selbst noch nicht eingestanden hatten. Roberta hatte plötzlich offenbar nichts Wichtigeres zu tun, als ihren Toast voller Hingabe und Sorgfalt mit Butter zu bestreichen, und Henderson trat vor Michael und Samantha hin und tat dabei so, als wäre Roberta überhaupt nicht anwesend.

»Diese Nachricht ist für Sie beide soeben abgegeben worden«, sagte er mit einem silbernen Tablett in der Hand, auf dem ein Briefumschlag lag. Michael nahm ihn entgegen und sie bedankten sich.

Samantha schnaubte angestrengt, als Henderson den Raum sogleich wieder verlassen hatte.

»Jetzt geht das Ganze schon wieder von vorne los! Das ist doch der reinste Kindergarten!«, zischte sie Roberta leise an. »Vielleicht solltet ihr einfach einmal miteinander reden wie erwachsene Leute. Volljährig dürftet ihr ja inzwischen sein.«

Statt darauf zu antworten, hatte es die alte Dame plötzlich sehr eilig, ins Waisenhaus zu kommen. Sie stand abrupt auf und verabschiedete sich knapp. Samantha verdrehte die Augen und seufzte laut. Dann wandte sie sich Michael zu, der das Kuvert bereits geöffnet hatte.

»Was ist denn das und von wem kommt es überhaupt?«

»Da, lies es selbst.« Er reichte ihr ein gefaltetes Blatt Büttenpapier, das säuberlich mit schwarzer Tinte beschrieben war. »Es ist von ihm selbst – Henderson.«

»Oh, gibt es etwa bereits Neuigkeiten?« Sie nahm es ihm voller Interesse ab, überflog die Anrede und las:

[...] hat mein Freund Angus Bishop mir soeben berichtet, dass er Mr Jefferson Barley als absolut vertrauenswürdig und loyal einschätzt. Zudem habe er in seiner ge-

samten Laufbahn nur einen einzigen Schüler erlebt, der noch begabter gewesen wäre als Mr Barley. Dieser Schüler war angeblich – und es ist mir außerordentlich unangenehm, dies zu erwähnen – meine Wenigkeit. Trotzdem bleibe ich dabei, dass mit diesem Mann irgendetwas nicht in Ordnung ist, und ich hoffe, ich werde noch herausfinden, was es ist. Bis dahin verbleibe ich ergebenst ...

Sie zuckte die Achseln und reichte ihm die Nachricht mit einem enttäuschten Blick zurück.

»Gut. Jetzt sind wir nur leider nicht wesentlich klüger als zuvor.«

»Doch, sind wir schon«, erwiderte Michael mit gesenkter Stimme. Er vergewisserte sich, dass der Hausdiener nicht in diesem Moment im Eingang der Orangerie erschien, und fuhr fort: »Jetzt wissen wir wenigstens mit Sicherheit, dass dieser Jefferson nicht etwa zu perfekt ist, wie es mir vorgekommen ist. Er ist einfach perfekt, Punktum. Du hast mir ja schon einmal gesagt, er hätte das Zeug zu einem neuen Henderson.«

»Stimmt. Und in unserer Situation wäre das nicht das Schlimmste, was uns passieren könnte. Aber wir wissen trotzdem noch immer nicht, was mit Jefferson nicht in Ordnung ist, und ich kann nur hoffen, dass wir es je erfahren werden, und dass es – was auch immer es ist – nicht gegen seine Anstellung hier im Haus sprechen wird.«

13

Samantha lag auf der Dachterrasse, die sich über die gesamte Länge ihres Wohntraktes – dem *Nest* – erstreckte. Sie genoss die erholsame Ruhe dieses Nachmittags.

Michael hatte sich nach dem Mittagessen erneut und ohne Einzelheiten zu nennen von ihr verabschiedet, um seinen geheimnisvollen Plan voranzutreiben, nach dem sie sich auch diesmal nicht hatte erkundigen dürfen. Frank verbrachte die nächsten Stunden bei Roberta im Waisenhaus und bereitete sich gemeinsam mit seinen Freunden auf das neue Schuljahr vor, das bald beginnen sollte. Ein paar Terrassentüren von ihr entfernt hielt Colin seinen Mittagsschlaf. Der Kinderfrau hatte sie heute freigegeben, um diese ein wenig zu schonen. Mildred Boyle war in Robertas vierwöchiger Abwesenheit fortwährend im Einsatz gewesen – sowohl im Kinderheim als auch im Wohnhaus bei Colin. Samantha wusste zwar um Mildreds Erkenntlichkeit für die Chance auf das neue Leben auf Cardington Manor, wollte aber deren unermüdliche Einsatzbereitschaft keinesfalls überstrapazieren oder gar ausnutzen.

Sie streckte sich in ihrem Liegestuhl aus und seufzte selig. Die Augustsonne blinzelte durch die rauschenden Bäume und es duftete nach der Fülle eines englischen Sommers. Für ein paar Sekunden schloss sie die Augen und spürte, dass sie müde war. Sie fühlte in sich hinein, ob sie die Zeit besser für ein kurzes Schläfchen oder doch lieber für die Lektüre des Jane Austen-Klassikers *Stolz und Vorurteil* nutzen sollte, der einladend neben ihr auf dem Teakholztischchen lag.

Nach einer Weile schreckte sie auf. Sie musste eingeschlafen sein. Aber irgendetwas hatte sie geweckt. War Colin etwa schon aufgewacht und weinte nach ihr? Sie lauschte. Nein, es war ihr Telefon, dessen Läuten aus dem Wohnzimmer heraus auf die Terrasse drang. Sie verdrehte die Augen und seufzte schon wieder, diesmal aber nicht selig, sondern genervt. Dann stand sie rasch auf, um der Störung ein Ende zu bereiten.

»Wenn man einmal vergisst, dieses verflixte Ding auszuschalten!« Sie folgte dem aufdringlichen Geräusch, das aus ihrer Handtasche zu kommen schien. Nach kurzem Suchen in den Untiefen des Beutels hielt sie es schließlich in der Hand und las auf der Anzeige: *Krankenhaus Rye.* Sie stieß einen erstaunten Laut aus und sagte vor sich hin: »Mit denen habe ich heute ja gar nicht mehr gerechnet ...«

Im selben Moment war das Klingeln verebbt und das Display wurde wieder schwarz. Sie drückte auf ein paar Tasten und hielt sich den Apparat ans Ohr.

»Guten Tag, hier spricht Samantha Tomlinson. Sie haben gerade versucht, mich anzurufen. Leider bin ich nicht schnell genug gewesen.«

»Hallo, Mrs Tomlinson, hier spricht Schwester Ruth.«

»Ach, Sie sind es, Schwester Ruth, wie schön. Geht es denn der Kleinen inzwischen besser? Heute Morgen konnte man mir leider noch nichts Neues ...« Die Schwester unterbrach sie mit Nachdruck.

»Mrs Tomlinson, nein, es geht ihr nicht besser ... es ist vielmehr so, dass es ihr noch schlechter geht ...« Samantha konnte spüren, wie schwer es der Schwester fiel, ihr das mitzuteilen.

»Noch schlechter? Aber was soll denn das heißen?« Ihre Stimme überschlug sich fast. »Hat sich denn inzwischen herausgestellt, was dem Kind fehlt?«

»Es konnte kein organisches Leiden festgestellt werden ... Mrs Tomlinson ... das Kind zeigt kaum noch Vitalfunktionen. Es ist fast so, als würde sie einfach nicht leben wollen. Dr. Hart geht leider davon aus, dass die Kleine die kommende Nacht nicht überleben wird. So etwas kann einfach vorkommen, wissen Sie? Vor allem bei diesen Umständen ...« Schwester Ruth sprach ihren Satz nicht zu Ende und ließ auf diese Weise das Unheilvolle in der Luft hängen.

Beim Hören dieser Unglücksbotschaft bildete sich in Samanthas Kehle augenblicklich ein dicker Klumpen aus Kummer und Entsetzen. Sie konnte kein einziges Wort mehr von sich geben.

»Mrs Tomlinson? Hallo, sind Sie noch dran? Also, das wollte ich Ihnen nur gesagt haben. Es tut mir wirklich sehr leid, aber vielleicht ist es für das arme Würmchen ja so am besten. Kommen Sie doch einfach bei Gelegenheit bei uns vorbei und holen Sie Ihren Autositz wieder ab. Das hat aber keine Eile. Auf Wiederhören, Mrs Tomlinson, und nehmen Sie es nicht so schwer. Ich sage mir in so einem Fall immer, wer weiß, was dem armen Kind erspart geblieben ist ...«

Dann war das Gespräch beendet. Samantha stand wie angewurzelt da, und das Telefon glitt ihr aus der Hand. Mit einem lang gezogenen »Nein!« schrie sie nach einer Weile ihren Schmerz in die Welt hinaus. Dann brach sie zusammen und konnte nur noch leise vor sich hin wimmern.

Mit einem Mal richtete sie ihren Oberkörper auf und suchte wie in Panik ihr Telefon. Im selben Moment öffnete sich die Tür und Michael trat mit einem Lächeln ein.

»Michael – Gott sei Dank!«, rief sie nur und sah ihn weinend an.

Sein fröhlicher Gesichtsausdruck war mit einem Schlag verschwunden, als er sie in diesem Zustand auf dem Boden kauern sah.

»Um Himmels willen, Sammy, was ist denn passiert?«

Er ging neben ihr in die Hocke und zog sie mühsam mit sich nach oben. Sie schlang die Arme um seinen Hals und schluchzte bitterlich. Mit einer Hand streichelte er ihr dabei den Rücken und hielt mit der anderen ihren Kopf fest an seiner Schulter.

»Hey, Liebling, sag mir doch bitte, was passiert ist.«

»Es ist wegen Lilian … sie stirbt«, wimmerte sie.

Er drückte sie auf Armeslänge von sich und sah ihr dabei so ins Gesicht, als hätte sie den Verstand verloren. Mit eindringlicher Stimme fragte er dann: »Wer stirbt? Und wer – zum Teufel – ist Lilian?«

»Das kleine Mädchen …«, antworte sie kaum verständlich unter stetem Schluchzen. »Das Baby, das zu uns ins Waisenhaus kommen sollte.«

»Ach so, ich wusste gar nicht, dass die Kleine *Lilian* heißt.«

»Nicht offiziell … Ich habe ihr den Namen gegeben.«

»Und sie stirbt? Oje, das tut mir wirklich sehr leid. Armes kleines Ding.«

»Bitte, bring mich zu ihr … Hörst du, Michael? Du musst mich zu ihr bringen.«

»Aber, Schatz, wieso möchtest du dir das denn antun? Ich finde, du nimmst dir das alles viel zu sehr zu Herzen. Reicht es denn nicht, dass du vor Trauer zusammengeklappt bist?«

»Ich muss zu ihr – jetzt sofort –, verstehst du das denn nicht?«, rief sie, geschüttelt von mehrmaligem Aufschluchzen. »Wenn sie schon in ihrem lächerlich kurzen Leben ihre Mutter nicht gespürt hat, dann soll sie wenigstens beim Sterben das Gefühl haben, dass sie eine hätte. Dass es wenigstens einen einzigen Menschen auf dieser verdammten Welt gibt, dem sie nicht gleichgültig ist …«

»Du möchtest mir jetzt aber nicht sagen, dass du dort hinfahren willst, um dieses Kind beim Sterben zu begleiten. Ein fremdes Kind, das du nur einmal kurz aus der

Ferne gesehen hast! Wo wir doch eigentlich mit uns selbst schon genug Probleme haben, findest du nicht? Mit unserer Krise und dem, was danach von unserer Ehe noch übrig geblieben ist. Und dabei wissen wir doch nicht einmal, ob wir es wirklich schaffen werden, als Familie zusammenzubleiben.« Er schüttelte verständnislos den Kopf und lächelte sie ungläubig an. »Das kannst du damit also nicht gemeint haben.«

Sie antwortete nicht, sah ihn nur mit wilder Entschlossenheit im Blick an, während sie noch von ein paar letzten Schluchzern geschüttelt wurde.

»Oder etwa doch?«, fragte er nun sanft und raufte sich das Haar. Dann wandte er sich ab – geschlagen, weil er bereits wusste, dass diese Frage überflüssig gewesen war.

»Was denn sonst?«, erwiderte sie nun mit Zorn in der Stimme. Sie nahm sich ihre Handtasche, zog ein Taschentuch daraus hervor, wischte sich die Tränen aus dem Gesicht und putzte sich kräftig die Nase.

»Dann fahre ich eben selbst dorthin.« Sie pflückte sich den Schlüssel für ihren Wagen von einem Haken neben dem Telefontischchen.

»Kommt überhaupt nicht infrage.« Er nahm ihr den Autoschlüssel wieder ab und hängte ihn zurück an seinen Platz. »Du glaubst doch wohl nicht im Ernst, dass ich dich in diesem Zustand irgendwohin fahren lasse, mein Herz. In deinem Zustand baust du sonst noch einen Unfall. Ich weiß aus eigener Erfahrung, was alles passieren kann, wenn man so aufgewühlt Auto fährt, wie du gerade bist.«

Sie lächelte unmerklich. »Dann ruf bitte vorher Roberta an und sag ihr, sie soll sich um Colin kümmern. Ich warte im Wagen auf dich.«

14

Michael schöpfte den Rahmen der erlaubten Höchstgeschwindigkeit mehr als großzügig aus. Normalerweise schimpfte ihn Samantha, wenn er zu schnell fuhr, weil ihr häufig davon schlecht wurde. Doch heute saß sie nur stumm neben ihm, den Blick auf den Horizont geheftet, als könnte ihr die Fahrt nicht schnell genug gehen.

Diese dunkle Stimmung löste eine seltsame Beklommenheit in ihm aus. Wie er sich doch wünschte, Samantha würde ihm jetzt Vorwürfe wegen seiner Fahrweise machen! Alles war besser, als ihre stille Verzweiflung zu spüren …

»*Lilian* ist ein wirklich schöner Name. Wie bist du denn darauf gekommen, das Baby so zu nennen?«, fragte er in der Hoffnung, ihre Starre damit auflockern zu können. Mit unbewegter Miene murmelte sie etwas, das er wegen der Fahrgeräusche nicht hören konnte. »Wie bitte? Sag das doch noch einmal lauter. Ich habe dich nicht verstanden.«

»Meine Großmutter hieß so. Ihr Name war *Lilian*.«

»Wirklich? Das habe ich noch gar nicht gewusst.«

»Mir war das ja selbst über viele Jahre entfallen. Ich habe ewig nicht mehr an meine Großmutter gedacht. Als sie starb, war ich noch ein ganz kleines Mädchen. Aber als ich gestern vor dieser Glaswand gestanden bin und die Schwester gesagt hat, dass die Kleine keinen Namen hätte und ich ihr doch einen geben könnte, kam mir urplötzlich der Name meiner Großmutter in den Sinn. Das war fast so, als hätte jemand das Wort *Lilian* in meinem Herzen laut ausgesprochen.«

»Das ist wirklich eine bemerkenswerte Geschichte.«

»Und merkwürdig daran war auch noch, dass die

Schwester den Namen auch gehört hat, obwohl ich mir sicher bin, ihn nicht laut gesagt zu haben.«

»Jetzt wird es ja direkt mystisch.« Er lächelte sie fasziniert aus dem Augenwinkel an und schüttelte dabei den Kopf.

»Ja, das war auch für mich ein ganz besonderer Moment. Und ich habe gehofft, dass die Tatsache, dass die arme Kleine jetzt einen Namen hat, ihr dabei helfen würde, gesund und stark zu werden. Weißt du, einen Namen zu haben, bedeutet für mich auch, einen Platz im Leben zu haben … jemand zu sein und respektiert zu werden. Aber das hat ja, wie wir inzwischen wissen, leider nicht geklappt.« Bei den letzten Worten wandte sie ihr Gesicht ab in Richtung des Seitenfensters, und er spürte, dass sie wieder gegen ihre Tränen ankämpfte.

Einige Minuten später überfuhren sie die Stadtgrenze von Rye, und Samanthas Anspannung wuchs mit jedem weiteren Meter, den sie zurücklegten.

»Schatz, du musst das nicht machen, das weißt du, nicht wahr?« Michael hatte es offenbar noch immer nicht aufgegeben, sie davon abzuhalten. Sie liebte ihn dafür, weil sie wusste, dass er es gut mit ihr meinte. Da sie außer einem Kopfschütteln nichts darauf erwiderte, fuhr er fort:

»Es ist – weiß Gott – traurig, dass dieses arme Baby keine Chance auf sein Leben bekommt, aber es ist nicht deine Aufgabe, es beim Sterben zu begleiten. Ist dir das klar, Sammy? Du hast eine wundervolle und große Aufgabe in *Cardington Home*, wo du bereits sehr viele kinderlose Paare und elternlose Kinder zu glücklichen Familien zusammengeführt hast. Ich könnte hier auf der Stelle umkehren, und wir fahren einfach wieder zurück. Überleg es dir bitte.«

Diese Möglichkeit zog sie nicht in Betracht und blickte nur weiter hinaus in Fahrtrichtung. Sie wusste, er würde nun keinen weiteren Versuch mehr unternehmen, sie von ihrem Vorhaben abzubringen. Nach einem fast unmerklichen Kopfschütteln, das sie aus dem Augenwinkel wahrnahm, folgte er der Beschilderung, die bereits die Klinik im Angebot hatte.

Auf dem Gelände des Krankenhauses angekommen, breitete sich in Samantha mit einem Mal eine souveräne Gefasstheit aus. So, wie bei jedem Menschen, der wusste, was er tat, und dass das, was er vorhatte, das Richtige war. Weil er gar nicht anders konnte.

»Der Besucherparkplatz scheint überfüllt zu sein. Da vorne bei dem Schild kannst du mich aussteigen lassen und in Ruhe irgendwo einen Parkplatz suchen. Ich gehe schon einmal nach oben und erkläre denen, wie ich mir das vorstelle. Die Kinderstation ist im dritten Stock. Im Schwesternzimmer wird man dir sagen, wo du mich findest.« Der Wagen hielt an und sie stieg aus. Ehe sie die Beifahrertür zuschlug, sagte sie noch: »Danke, dass du das für mich tust.«

Schwester Ruth sah sie völlig überrascht an.

»Mrs Tomlinson, guten Tag. Das ging aber schnell! Sie sind sicher gekommen, um den Autositz zu holen. Sehen Sie, hier drüben habe ich ihn für Sie verwahrt und …«

Samantha fiel ihr direkt ins Wort. Sie hatte keine Zeit zu verlieren.

»Sehr freundlich von Ihnen, Schwester Ruth, aber deswegen bin ich nicht hier.«

»Ach so? Was könnte ich sonst noch für Sie tun?«

»Ich bin gekommen, weil ich der kleinen Lilian beistehen möchte, wenn sie diese Erde wieder verlässt.« Weil die Schwester sie nur ansah, als hätte sie nicht richtig gehört, ergänzte Samantha schnell: »Es sei denn, jemand aus Ihrer Klinik wird diese Aufgabe übernehmen.«

Es dauerte einen Moment, ehe die Schwester antwortete. Sie schien sich noch kurz sammeln zu müssen.

»Äh … Mrs Tomlinson … ich weiß jetzt nicht, was ich Ihnen darauf sagen soll.« Sie lächelte verlegen. »So etwas ist bei uns nicht üblich, müssen Sie wissen. Wir sind schließlich kein Hospiz. Wir tun hier alles für unsere Patienten und schöpfen jede Möglichkeit aus, ihnen zu helfen. So lange, bis sie entweder leben oder sterben, verstehen Sie?«

»Aber Sie haben mir doch am Telefon gesagt, die Kleine würde die kommende Nacht nicht überleben. Und das klang nicht, als würde daran der geringste Zweifel bestehen. Oder hat sich inzwischen etwas an ihrem Zustand geändert?« Schwester Ruth verneinte, indem sie bestimmt den Kopf schüttelte. »Dann lassen Sie mich doch bitte jetzt zu ihr hinein. Wie könnte ich ihr denn jetzt noch damit schaden, wenn sie ohnehin keine Überlebenschance hat?«

»Mrs Tomlinson, sie liegt auf der Intensivstation. Da darf ich Sie nicht einfach so hineinlassen.«

»Dann fragen Sie doch bitte jemanden, ob Sie mich hineinlassen dürfen. Oder geben Sie mir meinetwegen irgendein Bett in einem freien Zimmer, wo ich mit ihr in ihren letzten Stunden zusammen sein kann.«

»Sie stellen sich das einfacher vor, als es ist. Es gibt Regeln in diesem Haus und die gelten leider auch, wenn man ein so großes Herz hat wie Sie, Mrs Tomlinson.«

»Aber, liebe Schwester Ruth, Sie müssen doch selbst ein großes Herz haben, sonst hätten sie doch diesen Beruf nicht gewählt – und ausgerechnet auf der Kinderstation! Wollen Sie wirklich dabei zusehen, wie dieses arme Würmchen in diesem grässlichen Glaskasten stirbt? Mit all diesen Nadeln und Schläuchen am Körper?« Samantha war nun außer sich. So schwer hatte sie sich das nicht vorgestellt. Sie hätte eher damit gerechnet, dass ihre Idee mit Erleichterung begrüßt werden würde. »Finden Sie nicht, dass die Kleine wenigstens in ihren letzten Stunden das Gefühl haben sollte, dass sie geliebt wird? Auch wenn ich natürlich nicht ihre Mutter bin, das weiß ich selbst!« Nun kämpfte sie erneut mit den Tränen.

Schwester Ruth dachte nach. Der Appell an ihr Herz schien etwas in Bewegung gesetzt zu haben.

»Wissen Sie, wenn man mit so viel Leid konfrontiert wird wie wir Schwestern, ist es manchmal das Beste, wenn man sich ein wenig abschottet – gefühlsmäßig, verstehen Sie?«

Samantha nickte erleichtert. »Das kann ich sehr gut verstehen.«

»Und wie … wie stellen Sie sich das jetzt vor? Ich meine, wie genau soll das Ganze ablaufen?«

»Ich habe auch keine Ahnung, aber ich könnte mir vorstellen, dass Sie mir vielleicht ein Bett für die kommende Nacht zur Verfügung stellen – und bitte auch ein Nachthemd, das habe ich nämlich in der Aufregung vergessen.« Sie lächelte entschuldigend. »Am liebsten wäre mir natürlich ein ganz normales, ruhiges Zimmer. Aber wenn Sie es nicht anders verantworten könnten, wäre ich auch mit dem Raum zufrieden, in dem sie gerade liegt.«

»Das müsste ich noch klären. Und dann? Wie geht es dann weiter?«

»Ich dachte, ich lege mir die Kleine einfach auf die Brust – so, wie man es bei den Neugeborenen eben macht. Damit sie meinen Herzschlag hört und sich geborgen fühlt. So lange, bis …« Zum wiederholten Mal an diesem Tag wurden ihre Augen feucht, aber sie wollte jetzt auf keinen Fall weinen, um ihr Vorhaben nicht in letzter Sekunde noch zu gefährden, wenn man sie für emotional zu instabil halten könnte.

15

Michael lehnte in der geöffneten Innentür des Krankenzimmers und hatte das Gefühl eines Déjà-vus. Seine Frau lag in einem sterilen Klinikbett und trug ein weißes Nachthemd, das vorne geöffnet war. Auf ihrer Brust kauerte ein Neugeborenes, das nur mit einem kurzen Flügelhemdchen und einer winzigen Papierwindel bekleidet war. Die eine Hand von Samantha ruhte auf dem Rücken des Säuglings und schützte das zart beflaumte Köpfchen. Die andere hielt die bläulichen Füßchen umfasst, um diese zu wärmen. Das war ein so vertrautes Bild, dass Michael erst einmal an der Tür stehen bleiben musste, um sich die Wirklichkeit ins Gedächtnis zu rufen.

»Warum kommst du nicht her?«, fragte sie, als wäre diese Situation vollkommen normal. »Nimm dir doch einen Stuhl.«

»Mein Gott, das sieht so heftig aus …« Er schüttelte nur den Kopf. »Ich habe das Gefühl, ich bin im falschen Film.« Er war nicht in der Lage, näher zu seiner Frau zu kommen. »Also, wenn ich nicht wüsste, was du hier vorhast, würde ich meinen, wir hätten gerade wieder Nachwuchs bekommen.«

»Ja, das könnte man wirklich meinen.«

»Wie geht es ihr?«, fragte er nach einer kurzen Weile.

»Ich weiß es nicht, aber der Kinderarzt hat gesagt, es werden voraussichtlich nur noch wenige Stunden sein, die sie zu leben hat.«

Er rieb sich das Kinn und betrachtete weiterhin die Szene, die sich ihm bot.

»Und die haben dich das einfach so machen lassen? Du spazierst hier herein, um ein fremdes Kind beim Sterben zu begleiten.«

»Na ja, einfach war es natürlich nicht. Erst musste ich die Stationsschwester überzeugen und dann kam noch der Stationsarzt, ein sehr freundlicher Dr. Hart übrigens. Außerdem habe ich hier noch ein Sauerstoffgerät, falls ihre Atmung aussetzen sollte, und ich weiß sogar, wie man es bedient.« Sie zeigte auf einen Apparat, der auf Rollen direkt neben ihrem Bett stand, und an dem eine winzige Sauerstoffmaske befestigt war. »Was ich hier mache, ist absolut unüblich, das weiß ich ja selbst, aber Dr. Hart hat inzwischen keinerlei Hoffnung mehr, dass Lilian sich noch erholen könnte. Und weil es ja keine leiblichen Eltern gibt, kann dem auch niemand widersprechen, was wir hier tun.«

Michael stand noch immer in der Tür und atmete geräuschvoll aus.

»Jetzt komm schon her und schau dir den kleinen Engel wenigstens mal an, damit du verstehst, dass ich gar nicht anders handeln kann.«

Er setzte sich schleppend in Bewegung und rückte sich einen Stuhl neben das Bett. Mit einem Ächzen ließ er sich darauf sinken, richtete seine Augen aber nur auf seine Frau. Andernfalls befürchtete er, das Bild dieses armen Kindes nie wieder loszuwerden.

»Schau doch nur. Ist sie nicht absolut hinreißend?« Ihre Stimme hatte vor Verzückung an Höhe gewonnen. In Michaels Ohren klangen ihre Worte wie ein Kreischen. »So ein allerliebstes, süßes Schätzchen …« Er sah, wie ihr in diesem Moment eine Träne über die Schläfe lief.

»Sammy …«, seufzte er. »Ich werde mir die Kleine gar nicht erst so genau ansehen, und du solltest das besser auch nicht tun. Oder willst du sie dir morgen früh aus dem Herzen reißen müssen?« Sie sah ihn daraufhin mit unendlicher Trauer im Blick an und er wusste, es war bereits zu spät für seine Warnung. Der kritische Punkt war längst überschritten. Er stand wieder auf und schüttelte den

Kopf. »Ich fürchte, das hier ist zu viel für mich … Ich kann das im Moment einfach nicht«, sagte er, die Hände auf dem Fußteil des Bettes abgelegt.

»Ich verstehe dich ja, Michael. Du musst natürlich auch nicht bleiben, wenn du nicht möchtest. Ich werde das hier auf jeden Fall zu Ende führen, und zur Not auch allein. Fahr ruhig nach Hause zu unseren Jungs und hol mich morgen früh wieder ab.«

»Ist das dein Ernst?«

»Ja, natürlich. Ich werde dich bestimmt nicht dazu zwingen, wo ich doch weiß, wie du darüber denkst.«

»Ja, dann …« Er näherte sich ihr wieder von der Bettseite her und küsste sie zum Abschied. Dabei vermied er noch immer, das Baby anzusehen. »Dann fahre ich jetzt nach Hause. Ich wünsche dir alle Kraft der Welt, mein Liebling.«

»Danke, mein Schatz, auch für deine Unterstützung, mich herzufahren. Obwohl du anderer Meinung bist als ich. Ich rechne dir das hoch an und liebe dich dafür noch mehr. Wahrscheinlich hältst du mich jetzt für naiv, dass ich mich auf diese traurige Angelegenheit einlasse, ohne daran zu denken, was es mit mir machen wird.«

»Nein … nein, ich halte dich nicht für naiv, Sammy, ich bin stolz auf dich … auf dich und dein wunderbar großes Herz. Und ich bewundere dich für deine Kraft, so ein außergewöhnliches Vorhaben durchzuziehen. Ich könnte das nicht … nie im Leben und …«

Im selben Moment ertönte von Samanthas Brust ein jämmerliches Wimmern, das Michaels Blick nun doch auf sich zog. Reflexartig schnellte seine Hand hin zu dem zarten Geschöpf, um es zu beruhigen, doch kurz davor hielt er in der Bewegung inne. Sein Gesicht verzog sich auf einmal vor Schmerz und Rührung. Als er danach in Samanthas Augen sah, konnte er nicht an sich halten und musste nun ebenfalls weinen.

»Sammy … ich habe so schreckliche Angst, dass ich mich in deine kleine Lilian verliebe, und ich weiß, es würde mir das Herz brechen, wenn sie …« Dann hastete er zur Tür und bevor er sie mit einem gedämpften Geräusch hinter sich schloss, sagte er nur noch: »Ruf mich morgen früh an, wenn ich dich abholen soll.«

Samantha atmete mit tiefem Seufzen aus. Jetzt war sie mit der Situation allein. Allein in einem fremden Zimmer und mit einem sterbenden fremden Kind, dem sie einen Namen gegeben hatte, als wäre es ihr eigenes. Nun, da Michael fort war und es niemanden mehr gab, der sie liebevoll vor den möglichen Folgen ihrer eigenen Entscheidung warnte, begann sie selbst, ihr Vorhaben infrage zu stellen.

Was tue ich hier eigentlich? Und was tue ich diesem Kind womöglich an?

Sie schaute zu dem kümmerlichen Bündel Lebens auf ihrer Brust hinab. Lilian atmete in kurzen, schnellen Zügen und röchelte leise. Die winzige Hand klammerte sich an einen Finger von Samanthas großer Hand, die sie beschützte. Es rührte Samantha zutiefst, dass die Kleine den Eindruck machte, als würde sie sich bei ihr wohlfühlen. Unvorstellbar, dass in wenigen Stunden alles vorbei sein sollte. Ein unbändiges Gefühl von Überforderung überflutete Samanthas Herz im selben Moment.

»Und sind Sie auch sicher, dass Sie sich der Situation gewachsen fühlen?«, hörte sie Dr. Hart in ihren Gedanken fragen.

Ich muss verrückt geworden sein!

Wie würde es ablaufen, wenn der kleine Engel diese Welt wieder verließe? Würde Lilian dann einfach aufhören zu atmen oder hätte sie etwa einen schrecklichen Todeskampf zu erleiden? Würde sie womöglich Schmerzen haben und schreien? Und wie würde sie – Samantha – das alles aushalten können?

Was kann ich ihr schon geben, wenn es so weit ist? Stärke etwa? Oder Zuversicht, dass alles gut wird? Gerade ich, wo es mich vor Mitgefühl schier zerreißt?

Samantha seufzte tief. Was sollte sie bloß tun, wie mit alldem umgehen?

Deine kleine Lilian, das hatte Michael zu ihr gesagt, und nun brach es ihr das Herz.

16

In der Feuerstelle des Kaminzimmers brannte an diesem Abend kein Feuer. Michael saß auf einem der Clubsessel und starrte auf die leere schwarze Nische in der Mauer. Sein Herz war schwer nach diesem Tag, der so wundervoll begonnen hatte. Samantha und er waren sich wieder so nah gewesen wie schon lange nicht mehr, und um ein Haar …

Er trank aus dem klobigen Glas, das er in der Hand hielt. Der alte *Single Malt* war ihm auch in dieser Situation der treue Freund, der ihm beim Einschlafen helfen sollte. Seine Gedanken wanderten aber immer wieder zu Samantha und diesem bedauernswerten Baby, für das sie in dessen letzten Stunden da sein wollte. Die Beklommenheit, die die Erinnerung an dieses Szenario bei ihm auslöste, betäubte er mit einem weiteren Schluck Whiskey. Wie es Samantha wohl jetzt gerade erging, während er gemütlich im Kaminzimmer saß und sich gepflegt volllaufen ließ? Er hatte gehofft, dass er die Sache selbst besser verwinden würde können, wenn er Roberta davon erzählte. Doch dieser Plan war leider nicht aufgegangen. Es war vielmehr so gewesen, dass er die alte Dame hatte trösten müssen, die als Samanthas Freundin aus Mitgefühl untröstlich war. Wenigstens hatte sie ihm angeboten, Colin und Frank zu Bett zu bringen. Außerdem wollte sie die beiden am anderen Morgen versorgen, damit Michael gleich zu Samantha fahren konnte.

Er seufzte und setzte das Glas wieder an den Mund, doch es war bereits leer. Neben ihm auf dem Beistelltisch befand sich schon die Lösung für sein Problem. Er öffnete den Korkverschluss, und kurz darauf rann die honiggelbe Flüssigkeit wie Öl in den Becher. Nach dem nächsten

Schluck überlegte er, ob er nicht vielleicht doch das Feuer im Kamin anschüren sollte. Auf die Dauer war es ihm ein wenig eintönig geworden, in ein dunkles Loch zu starren. Andererseits kostete es einige Mühe, in dieser gewaltigen Feuerstelle die Flammen in Gang zu bringen, zumal er eigentlich schon viel zu müde war, um das Schauspiel noch lange genießen zu können. Als er noch das Für und Wider abwägte, klopfte es an der Tür, und schneller, als er hätte reagieren können, war Henderson bereits eingetreten und kam aufgeregten Schritts direkt auf ihn zu. Michael blickte verwundert auf. Solch ein Verhalten kannte er überhaupt nicht von ihm.

»Nanu, Henderson, was kann ich denn für Sie tun? Sie wirken, als ginge es um Leben und Tod.«

»Bitte, verzeihen Sie mir mein Eindringen, Mr Tomlinson, aber ich muss Sie wirklich dringend sprechen – jetzt auf der Stelle. Die Angelegenheit duldet leider keinen Aufschub.«

Er wirkte auf Michael ähnlich aus der Fassung geraten wie damals, als Charles Cardington sich das Leben genommen hatte.

»Dann setzen Sie sich doch bitte.« Michael wies auf den Sessel, der neben seinem stand, und der Butler entsprach seiner Aufforderung. »Auch ein Glas Single Malt?« Er stand auf, um einen zweiten Whiskeybecher zu holen, doch Henderson wehrte ab.

»Zu freundlich von Ihnen, Sir, aber ich würde lieber einen klaren Kopf bewahren.«

Michael kehrte unverrichteter Dinge zu seinem Sessel zurück und überlegte, was geschehen sein könnte. Auf jeden Fall war er dankbar für die Ablenkung an diesem Abend.

»Also? Was haben Sie auf dem Herzen?« Der alte Herr atmete tief durch, ehe er zu sprechen begann.

»Mr Tomlinson … Sir, ich bin untröstlich, Ihnen mitteilen zu müssen, dass ich Cardington Manor unverzüglich verlassen werde. Meine Dienstzeit ist mit dem heutigen Tag beendet.«

Michael fühlte sich schlagartig wie nüchtern.

»Was sagen Sie da?« Er lächelte ungläubig und rutschte an die vordere Kante des Sessels, um Henderson besser ansehen zu können. »Und was genau meinen Sie mit *unverzüglich*?«

»Damit meine ich, dass ich noch heute Abend ausziehen werde, und ich möchte mich hiermit von Ihnen und Mrs Tomlinson verabschieden. Außerdem möchte ich mich bei Ihnen beiden für die außerordentlich harmonische Zeit bedanken.«

Michael atmete geräuschvoll aus und lehnte sich wieder zurück, als würde es ihm dabei helfen, diese Neuigkeit zu verkraften.

»Muss ich das jetzt verstehen, Henderson?«, begann er kopfschüttelnd. »Sie wollten doch noch ein paar Wochen bei uns bleiben. Und was ist mit Ihrem offiziellen Abschied? Soviel ich weiß, werden dafür im Haus bereits Vorbereitungen getroffen ...«

»Ich weiß, Mr Tomlinson. Es ist auch sonst wirklich nicht meine Art, Vereinbarungen nicht einzuhalten. Aber glauben Sie mir bitte, dass ich triftige Gründe für meine Entscheidung habe.«

»Selbstverständlich glaube ich Ihnen das und ich respektiere Ihre Entscheidung. Aber bitte verstehen Sie auch mich, wenn ich Ihnen sage, dass ich diese gerne nachvollziehen würde. Möchten Sie mir vielleicht erzählen, was vorgefallen ist? Denn wenn nichts vorgefallen wäre, würden wir uns gerade nicht unterhalten, habe ich recht?«

Henderson bestätigte nicht, aber er widersprach auch nicht. Er erwiderte nur: »Ich kann nicht darüber sprechen, Mr Tomlinson. Nicht einmal mit Ihnen ...«

Michael nahm einen Schluck Whiskey und dachte

nach. Nach einer Weile sagte er: »Tja, dann kann ich Sie wohl nicht aufhalten, Henderson. Aber was soll ich nur meiner Frau sagen? Sie übernachtet heute außer Haus, wie Sie vielleicht schon erfahren haben. Es wird ihr das Herz brechen, wenn sie morgen früh nach Hause kommt und Sie nicht mehr bei uns sind. Sie müssten doch eigentlich wissen, wie sehr Samantha Sie schätzt, oder etwa nicht?«

»Selbstverständlich weiß ich das, Mr Tomlinson, und ich versichere Ihnen, dass ich ebenfalls eine tiefe Sympathie für Ihre Frau Gemahlin hege.« Er seufzte. »Ich darf mich weiß Gott glücklich schätzen, auf fast ausnahmslos angenehme Dienstjahre zurückblicken zu können. Besonders diese letzten Jahre mit Ihnen und Ihrer Familie.«

»Ja, das ist die Familie, zu der Sie inzwischen doch auch gehören, Henderson. Also reden Sie doch mit mir! Ist es wegen Roberta?« Der alte Herr schüttelte unmerklich den Kopf.

»Dann muss es mit Jefferson zu tun haben, habe ich recht?«, drang Michael weiter in ihn. »Sie hatten doch heute fast den ganzen Tag mit ihm zu tun, es muss also mit ihm zusammenhängen. Hat er sich Ihnen gegenüber vielleicht schlecht benommen? Despektierlich etwa?«

Henderson sah ihn an, zögerte kurz und sagte dann in resignierendem Tonfall: »Vielleicht wäre es wirklich gut, wenn ich mit Ihnen darüber rede. Sie werden es ja ohnehin bald erfahren. Ob jetzt oder zu einem späteren Zeitpunkt spielt eigentlich keine Rolle.«

Michael nickte ihm daraufhin nur ermutigend zu, und Henderson fügte noch an: »Wenn ich Sie in diesem Fall vielleicht nun doch um einen Schluck Whiskey bitten dürfte? Das könnte mir helfen, meine Zunge zu lösen.« Fast unhörbar ergänzte er: »Und diesen Schock zu überwinden ...«

Michael, der diese letzten Worte sehr wohl verstanden

hatte, sah ihn erstaunt an und beeilte sich, dem Wunsch des Butlers nachzukommen. Was konnte Henderson an diesem Tag bloß widerfahren sein, das ihn derart aus dem Gleichgewicht gebracht hatte?

Dieser nahm den gereichten Trunk dankend an, nahm einen kräftigen Schluck und lehnte sich in seinem Sessel zurück.

»Sie hatten natürlich recht, als Sie vermutet haben, dass Jefferson der Grund für meinen plötzlichen Aufbruch ist. Aber es ist nicht das, was Sie vermutet haben. Seine Manieren sind absolut tadellos. Zu jeder Zeit.« Er trank noch einmal und atmete tief durch. »Er hat heute – es ist wohl am späten Nachmittag gewesen – an der Tür meiner Loge geklopft und mich gefragt, ob er mir etwas zeigen dürfte. Ich habe selbstverständlich Ja gesagt, weil ich gedacht habe, es ginge um Belange des Hauses.« Er machte eine kurze Pause, um sich zu fassen. »Er ist also eingetreten und hat mir dann einen Rahmen mit einer Fotografie überreicht. Ich habe erst einmal meine Brille holen müssen.«

Michael rutschte indes unruhig auf seinem Sessel herum und sah Henderson nun direkt an. »Jetzt bin ich aber gespannt.«

»Auf dem Foto war eine junge Frau zu sehen, sympathisch, strahlende Augen. Keine Schönheit, aber sie hatte ein anziehendes Lächeln. Ich habe ihn gefragt, ob das etwa seine Frau oder Verlobte sei. Er hat verneint und gesagt, es handle sich dabei um ein Jugendfoto seiner Mutter. Ich habe mich zunächst darüber gewundert, warum er mir das Bild hatte zeigen wollen, aber nichts dergleichen zu ihm gesagt. Ich habe mir nur gedacht, er hätte eben das Bedürfnis, auch über private Dinge zu sprechen. Also habe ich es ihm mit ein paar freundlichen Worten zurückgegeben und angenommen, er würde nun wieder in sein Zimmer zurückkehren.«

Michael vergaß jetzt beinahe das Atmen, doch Henderson nahm noch einen Schluck *Single Malt,* bevor er weitersprach.

»Doch er ist einfach stehen geblieben und hat mich angesehen – ich habe Ihnen ja bereits erzählt, dass er mich häufig merkwürdig ansieht.«

»Jaja«, erwiderte Michael ungeduldig. »Und wie ist es nun weitergegangen?«

»Dann hat er mich einfach direkt gefragt: ›*Erkennen Sie sie denn wirklich nicht wieder?*‹ Ich habe natürlich verneint und ihn wiederum gefragt, wie er denn darauf käme, mich so etwas zu fragen. Daraufhin hat er mir das Bild noch einmal in die Hand gedrückt und gesagt, ihr Name wäre Anna Taylor. Sie hätte in Liverpool gelebt und im Jahr 1975 zusammen mit ein paar Freundinnen Brighton besichtigt.«

Michael fuhr sich durchs Haar und atmete mit einem Zischlaut ein, als würde ihm etwas Schmerzen bereiten. »Ich beginne zu ahnen, wie die Geschichte weitergeht.« Er stand auf, nahm die beiden Whiskeybecher mit zum Barschrank, füllte sie nach und stellte Hendersons Glas danach an seinen Platz zurück. »Erzählen Sie weiter. Ich bin ganz Ohr.«

»Verbindlichsten Dank, Mr Tomlinson.« Der alte Butler nippte daran und stellte es wieder auf dem Tischchen ab. Bevor er weitersprach, atmete er tief durch.

»Als ich diese Stichworte gehört habe – Brighton, 1975, Liverpool und den Namen Anna –, da habe ich plötzlich gewusst, auf welche Begebenheit Jefferson angespielt hatte. Im Jahr 1975 hatte ich meine Ausbildung an der Butlerschule beendet. Die Abschlussprüfung fand dann in Brighton statt. Wir hatten alle bestanden, die meisten von uns sogar mit Auszeichnung. Das musste natürlich gefeiert werden, zumal wir alle genau wussten, dass unser neuer Berufsstand derlei Ausschweifungen nicht allzu häufig vorsieht. Meine Kollegen und ich hatten also einen Pub besucht, und am Nebentisch saß bereits eine Gruppe junger Mädchen. Die Damen waren wohl alle schon etwas angeheitert und hatten sich schon darüber amüsiert, wie wir hereingekommen waren mit unseren piekfeinen schwarzen Anzügen und uns wie Gentlemen vorgestellt hatten. Im Laufe des Abends hatten sie uns immer wieder damit aufgezogen und gesagt, wir wären sicher alle bei einem Beerdigungsunternehmen angestellt. Das war ein großer Spaß in dieser Nacht, kann ich Ihnen sagen.« Der alte Herr lächelte gedankenversunken, und Michael sah ihm an, wie er die Situation noch heute genoss – circa vierzig Jahre danach.

»Irgendwann hatten sich die Mädchen verabschieden wollen, weil sie ihre Reisekasse wohl nicht weiter strapazieren konnten. Und selbstverständlich haben wir Gentlemen die Damen dann freigehalten. Zu später Stunde hatte eine von ihnen noch die Idee, gemeinsam an den Strand zu gehen und in der mondhellen Nacht zu baden.«

Er seufzte. »Und den Rest der Geschichte muss ich wohl nicht weiter ausführen. Außer vielleicht, dass die jungen Damen am anderen Morgen nach Liverpool abgereist waren, ohne auch nur eine Spur zu hinterlassen. Wir hatten von ihnen ja leider nur die Vornamen erfahren und haben nie wieder etwas von ihnen gehört – keiner von uns«, schloss der Butler wehmütig und trank einen kräftigen Schluck, um sich für seinen Mut zu belohnen.

»Und das bedeutet nun …« Michael wagte nicht, den Satz zu Ende zu sprechen.

»Das bedeutet, dass ich auf meine alten Tage offenbar Vater geworden bin. Jefferson Barley behauptet nämlich, er wäre mein Sohn.«

»Zweifeln Sie denn wirklich noch daran?«

»Nein … nein, eigentlich nicht. Was soll man auch anderes sagen, nach all diesen privaten Details, die nur ein

Betroffener wissen kann? Außerdem sieht er fast genauso aus wie ich vor ungefähr fünfundzwanzig oder dreißig Jahren.«

»Dann darf ich Ihnen wohl als Erster gratulieren – meinen Glückwunsch, Henderson.« Michael prostete ihm zu.

Der Butler erwiderte dankend und schüttelte danach traurig den Kopf. »Nur leider habe ich vierzig Jahre lang nichts davon gewusst.«

»Aber doch besser spät als nie.«

»Das ist natürlich richtig, doch ich wünschte, Anna hätte mir von ihrer Schwangerschaft erzählt. Dann hätte ich sie natürlich sofort geheiratet.«

»Aber warum hat sie Ihnen denn nichts davon erzählt? Ich meine, warum mussten Sie es heute und ausgerechnet auf diese Weise erfahren?«

»Jefferson hat es wohl selbst erst vor Kurzem erfahren, nämlich, als seine Mutter im Sterben lag. Anna war angeblich 1975 bereits verlobt gewesen und stand damals kurz vor der Hochzeit mit einem Kerl namens Joe Barley. Lange Zeit hatte sie angenommen, dass ihr Verlobter und späterer Ehemann der Vater ihres Kindes wäre.«

»Was für eine Geschichte!« Michael schnaubte begeistert. »Und wie ist sie dann darauf gekommen, dass nicht ihr Mann, sondern Sie der Vater sind?«

»Das geschah durch den Jungen. Der hatte wohl von Anfang an große Schwierigkeiten mit seinem Vater – ich meine Annas Mann. Dieser Joe lebt noch und muss nach Jeffersons Schilderung ein ziemlich grobschlächtiger, ungehobelter Kerl sein. Er dagegen hatte schon zeitlebens einen Hang zu guten Manieren und einer gewissen Ordnung. Und er kleidete sich schon immer gerne fein – sehr untypisch für einen Jungen aus Liverpool. Noch dazu, wenn er einen einfachen Hafenarbeiter zum Vater hat. Joe Barley hatte dann wohl all die Jahre versucht, dem Jungen die feinen Manieren auszutreiben. Vor allem vor seinen Freunden war ihm dieser Sohn peinlich.

Jefferson hatte nämlich meistens ein ordentliches Zimmer und half seiner Mutter gerne im Haushalt. Am schlimmsten wurde es aber, als Jefferson in die Pubertät kam. Sein vermeintlicher Vater nahm ihn zu dieser Zeit trotz guter Zensuren von der Schule und prügelte ihn regelrecht zur Arbeit in den Docks. Und so war er einfacher Hafenarbeiter geworden, um es seinem Vater recht zu machen. Einen anderen Beruf hatte er nicht gelernt.

Anna war in diesen ganzen Jahren wohl sehr unglücklich und vor einem halben Jahr etwa ist sie gestorben. Auf dem Sterbebett hatte sie ihrem Sohn unsere damalige Begegnung anvertraut, außerdem meinen Namen, dass ich von Beruf Butler bin und wahrscheinlich auch sein Vater. Dann gab sie ihm noch einen Umschlag, in dem ihre Ersparnisse waren – fünftausend Pfund! –, außerdem die ausgeschnittene Zeitungsannonce einer Butlerschule. Das Geld war dafür gedacht. Sie hatte es ohne Wissen ihres Mannes angespart, er durfte doch nicht von ihren Plänen erfahren.

Jefferson hat mir vorhin auch erzählt, dass er sich wie erlöst gefühlt hat, als er von mir erfahren hat. Er hatte wohl all die Jahre gedacht, mit ihm wäre etwas nicht in Ordnung ...«

»Meine Güte, Henderson! Diese Biografie erspart Ihnen doch glatt einen Vaterschaftstest.« Michael schüttelte beeindruckt den Kopf und lächelte. »Meine Frau weiß gar nicht, wie sehr sie damit im Recht war, als sie neulich zu mir gesagt hat, Jefferson hätte das Zeug zu einem zweiten Henderson.«

»Wirklich? Das hat sie gesagt?« Henderson lächelte nun ebenfalls.

Michael bejahte und dachte einen Moment lang nach.

»Damit ich Sie nun richtig verstehe, Henderson, Sie

haben zu Beginn unseres Gesprächs gesagt, Sie müssten Cardington Manor unverzüglich verlassen und Sie würden unter Schock stehen wegen dieser Neuigkeit. Nun, Sie scheinen mir inzwischen nicht mehr besonders schockiert zu sein. Ich habe eher den Eindruck, Sie hätten sich bereits ein wenig an den Gedanken gewöhnt, einen Sohn zu haben.«

Henderson nickte und Michael fuhr fort: »Sind Sie noch immer der Ansicht, dass Sie sofort Ihren Abschied nehmen müssen?«

»Wie schön, dass Sie diesen Eindruck haben, Mr Tomlinson. Es hat wohl ein wenig Klärung in meine Gedanken gebracht, dass ich mich Ihnen anvertrauen durfte. Nichtsdestotrotz verurteile ich mein damaliges Verhalten zutiefst. Ich habe in betrunkenem Zustand eine junge Frau in Schwierigkeiten gebracht und mich nicht um mein Kind gekümmert.«

Michael lachte auf.

»Wie hätten Sie sich denn auch darum kümmern sollen, wenn Sie nichts davon gewusst haben? Jetzt seien Sie doch nicht so verdammt streng mit sich selbst, Henderson! Als junger Mann hatten Sie nach einem feuchtfröhlichen Abend mit einem Mädchen eine Liebesnacht im Mondschein – was ist denn schon dabei? Und diese junge Frau war offenbar selbst kein Kind von Traurigkeit. Immerhin war sie damals bereits verlobt gewesen und hatte Ihnen nichts davon erzählt.«

»Natürlich haben Sie recht, doch wie stehe ich denn jetzt da? Vor Ihnen und Ihrer Frau, vor meinem Sohn und nicht zuletzt vor Roberta? Ich bin jetzt immerhin der Vater eines unehelichen Kindes, und das ist das Letzte, was ich in meinem Leben je angestrebt habe.«

»Henderson, wir leben inzwischen im einundzwanzigsten Jahrhundert! Wer sollte Sie denn heute dafür verurteilen – außer vielleicht Sie selbst? Und Jefferson ist doch durchaus ein Sohn, der Ihnen zur Ehre gereicht und nicht etwa ein Grund, sich zu schämen. Ich hatte auch nicht den Eindruck, dass er sich Ihretwegen schämt oder einen Groll gegen Sie hegt – ganz im Gegenteil. Er betet Sie doch förmlich an. Ich sehe absolut keinen Grund für einen überstürzten Auszug.«

Henderson überlegte eine Weile, nickte dabei und sagte schließlich: »Ich werde wohl eine Nacht darüber schlafen, morgen früh sehe ich weiter.«

Er erhob sich und wirkte nun deutlich gefasster als noch zu Beginn des Gesprächs.

»Gute Nacht, Mr Tomlinson. Ich danke Ihnen von Herzen dafür, dass Sie mir und meinem Problem Ihre Abendruhe geopfert haben. Es hat mir gutgetan, mit Ihnen darüber zu sprechen und nun zu wissen, wie meine Situation aus Ihrer Perspektive aussieht.«

Michael war ebenfalls aufgestanden und brachte ihn zur Tür.

»Sehr gern geschehen, Henderson, und ich danke Ihnen für das Vertrauen, das sie mir entgegengebracht haben. Das weiß ich sehr zu schätzen.« Henderson nickte nochmals und verließ kurz darauf das Kaminzimmer.

Als er wieder allein war, warf Michael sich in seinen Sessel und stöhnte auf.

»Was für eine Neuigkeit! Und ausgerechnet jetzt, wo Samantha nicht hier ist …«

17

Die Notbeleuchtung hinter ihrem Bett hüllte das Zimmer in ein schummeriges Licht. Samantha öffnete die Augen und es dauerte einen Moment, ehe ihr einfiel, wo sie sich befand. Und warum sie sich dort befand. Es musste bereits mitten in der Nacht sein.

Sie erschrak, denn eigentlich hatte sie wach bleiben wollen, doch sie musste eingeschlafen sein. Sie wagte es nicht, auf ihre Brust hinabzuschauen, aus Angst vor dem Anblick, der sie dort erwarten würde.

Noch nie zuvor hatte sie einen toten Menschen gesehen. Und schon gar kein totes Baby. Sie wusste nicht, ob das Kind – Lilian – in diesem Augenblick noch lebte oder nicht. Bereits Stunden zuvor hatte es auf sie wie leblos gewirkt, und sie hatte sich jeden Moment auf sein Ableben gefasst gemacht. Sie hielt die Luft an, vermied jegliches Geräusch und lauschte.

Als sie leise röchelnde Atemzüge vernahm, war sie erleichtert und riskierte einen vorsichtigen Blick, vermied es aber trotzdem, sich zu bewegen.

Das Baby lag noch immer in Bauchlage auf ihrer Brust, die kleinen Arme und Beine angewinkelt. In ihren schützenden Händen fühlte sich der winzige Körper jetzt im Gegensatz zum Nachmittag warm an. Es war also noch nicht so weit. Oder hatte die Kleine etwa durch die Keime der Außenwelt Fieber bekommen?

Samantha konnte es nicht beurteilen. Auf jeden Fall beruhigte es sie, dass sie Lilian durch ihr kurzes Schläfchen nicht vernachlässigt hatte. Erleichtert atmete sie durch. Bis hierhin hatte sie es also geschafft, aber so eine Nacht konnte lang sein.

Um sich die Zeit zu vertreiben, schaute sie sich ein

wenig im Zimmer um. Durch die lindgrünen Vorhänge, die Schwester Ruth noch am Abend zugezogen hatte, bahnte sich fahles Licht seinen Weg. Das mussten die Laternen draußen vor dem Klinikgebäude sein, die offenbar die ganze Nacht über leuchteten.

Sie spürte, wie erschöpft sie war, obwohl sie eigentlich noch nicht viel getan hatte, außer mit dem Baby in diesem Bett zu liegen. Das ganze Vorhaben hatte sie wohl ganz schön mitgenommen. Sie fragte sich, was dagegensprechen würde, wenn sie noch einmal kurz die Augen schließen und ein wenig Kraft tanken würde – für all das, was in dieser Nacht noch auf sie zukommen würde. Wenn der letzte Moment für Lilian gekommen sein würde und die Kleine ihre Hilfe benötigte, würde sie es ganz sicher bemerken, und dann wäre sie wenigstens bei Kräften.

Und falls ich doch zu tief schlafen sollte, um etwas mitzubekommen? Das ist mir bei Colin damals passiert. Da bin ich erst erwacht, als er schon eine Zeit lang geschrien haben musste. Ich habe es an seinen Tränchen sehen können, dass er ...

Ein feines Schmatzgeräusch riss sie aus ihren Erwägungen. Als sie entdeckte, woher es kam, war sie erstaunt: Lilian hatte ihre winzige Faust geballt und saugte daran. Konnte es sein, dass sie Hunger hatte? Dies war nun eindeutig eine Situation, auf die sie nicht vorbereitet war. Doch was sollte sie tun? An ihrem Nachtkasten hing an einem dicken Kabel die Klingel, durch die sie mit Schwester Ruth verbunden war. Diese wollte – eigens für den Fall, dass Samantha Unterstützung brauchte – während der ganzen Nacht in der Klinik bleiben. Bis zu diesem Zeitpunkt hatte Samantha darauf verzichtet, sich Hilfe zu holen, aber schließlich konnte sie das Baby ja nicht selbst stillen. Also betätigte sie den Knopf und wartete.

Kurz darauf öffnete sich die Doppeltür und im selben Moment drangen Laute geschäftigen Treibens in den

Raum, und wiederum gleichzeitig fuhr Samantha ein ordentlicher Schreck in die Glieder. Sie kam sich vor, als stünde sie plötzlich inmitten eines belebten Marktplatzes. Dann hatte auch schon Schwester Ruth mit dienstbeflissenen Schritten das Zimmer betreten und fragte Anteil nehmend: »Guten Morgen, Mrs Tomlinson. Wie haben Sie es denn überstanden?«

Samantha stutzte.

»Was haben Sie da gerade gesagt? War das etwa ein *guten Morgen*?«

»Ja, natürlich. So etwas sagt man doch hierzulande um diese Uhrzeit, nicht wahr? Es ist schließlich schon sieben Uhr durch.«

Die Schwester trat emsig ans Fenster heran. Mit Schwung zog sie dort die Vorhänge zur Seite und ließ den hellen Tag ins Zimmer.

»Aber … aber … dann ist die Nacht ja schon lange vorbei … und … und ich dachte …«

»Ja, natürlich ist die Nacht vorbei. Ich habe mich schon gewundert, dass sie mich nicht früher gerufen haben, und wollte schon nach Ihnen sehen. Aber dann habe ich mir gedacht, dass es vielleicht besser ist, Sie ganz in Ruhe Abschied nehmen zu lassen.«

Samantha schaute die Schwester mit noch immer erstauntem Ausdruck an, bis diese sie ebenfalls ansah. Dann senkte sie ihren Blick zu dem schmatzenden Bündel auf ihrer Brust, und Schwester Ruth tat es ihr gleich.

»Ja, aber … aber …«, stammelte diese nun.

Samantha zuckte mit den Achseln und sagte ruhig und mit einem ungläubigen Kopfschütteln: »Ich glaube, hier möchte jemand Frühstück bestellen.«

»Aber das kann doch gar nicht … Ja, wie ist denn das nur möglich?« Dann rannte die Schwester aus dem Zimmer und hörbar den Korridor entlang. Die Tür ließ sie dabei offen.

»Dr. Hart! Dr. Hart! Bitte, kommen Sie schnell! Das müssen Sie sich ansehen. Unsere kleine Lilian ist ... Das grenzt ja an ein Wunder!«, war das Nächste, was zu Samantha hereindrang, und sie ließ es zu, dass Tränen über ihr Gesicht liefen.

18

Colin saß bereits seit den frühen Morgenstunden auf dem weichen Teppich in Robertas Wohnzimmer. Er hatte ein neues Spiel für sich entdeckt, das darin bestand, die Handtasche seiner Großmutter zuerst auszuschütten und den Inhalt danach wieder einzuräumen. Besonderen Spaß machte es ihm, wenn er dabei auf den Schlüsselbund stieß, der so herrlich klirrende Geräusche von sich gab, wenn man ihn gegen irgendetwas schlug.

Roberta selbst stand nebenan vor dem geöffneten Schlafzimmerschrank und suchte sich ein passendes Ensemble für den Tag heraus. In regelmäßigen Abständen hörte sie dabei, wie der Kleine vor Vergnügen krähte, und lachte dann unwillkürlich mit. Sie war froh, dass sie an diesem Morgen das Versorgen der Kinder übernommen hatte und Colin deshalb gerade bei ihr in der Wohnung war. Seine unbeschwerte Fröhlichkeit hatte auf sie die Wirkung wie Sonnenschein, wie reinstes Antidepressivum.

Denn eigentlich war ihr in diesem Augenblick überhaupt nicht zum Lachen zumute – obwohl es ihr in der jetzigen Phase ihres Lebens besser ging als jemals zuvor. Dass sie sich selbst auferlegt hatte, in aller Frühe aufzustehen, um Michael zu entlasten, war dabei noch nicht einmal der Anlass. Sie fühlte sich gerade von ihrem Leben im Allgemeinen überfordert, und ihre Gedanken kreisten unaufhörlich um Lösungen zu diversen Themen.

Wie sollte sie sich denn nur Richard gegenüber verhalten? Sie hatte ihm beschieden, sie würde ihn nicht heiraten, und er hatte ihr daraufhin noch eine weitere Bedenkzeit eingeräumt, dieser feine Mensch. Sollte er etwa inzwischen spüren, dass ihre Absage nichts mit ihm selbst zu tun hatte? Oder war er nur einfach zu verzweifelt, weil er ohne sie keine Menschenseele mehr hatte, wenn er Cardington Manor in Kürze verlassen würde?

Dabei hätte sie doch selbst gerne gewusst, weshalb sie den ersten Heiratsantrag ihres langen Lebens ausgeschlagen hatte. Sie liebte Richard doch! Sie liebte ihn wirklich. Aber nachdem die Rührung über sein romantisches Ansinnen verflogen gewesen war, hatte sie bemerkt, dass dieser Antrag für sie zur alles entscheidenden Frage geworden war. Für sie ging es inzwischen darum, sich zwischen der Nähe zu Richard und der zu ihrer Familie zu entscheiden. Endlich – endlich hatte sie eine Familie, zu der sie gehörte, als wäre sie dort hineingeboren. Eine Familie, die sie ebenfalls liebte und die sie dringend brauchte. Und jetzt – nach so kurzer Zeit – sollte sie das alles wieder aufgeben? Vor diesem Hintergrund hatte sie Richard doch nur eine Absage erteilen können.

Aber ihr Herz schmerzte seitdem. Tagsüber konnte sie sich zwar gut mit allerlei Beschäftigungen eindecken, sodass sie gar nicht erst zum Nachdenken kam. Doch in der Nacht, wenn sie mit sich und ihren quälenden Gedanken alleine war, wenn niemand mehr neben ihr lag und ihre Hand beim Einschlafen hielt, spürte sie ihren Kummer wie einen riesigen Dämon. Und entsprechend fühlte sie sich dann am Morgen.

Außerdem sorgte sie sich um Samantha wegen dieses bedauernswerten Babys. Wie würde diese die traurige Aufgabe wohl überstehen? Und müssten sie im Waisenhaus noch weitere solch tragischer Schicksale erleben? Situationen, in denen sie nicht helfen konnte, waren für Roberta schier unerträglich. Aus diesen Gründen hatte sie die halbe Nacht lang wach gelegen und war jetzt noch entsprechend müde. Mitunter kam sie sich auch vor, als wäre sie bereits hundert Jahre alt. Oder hatte sie etwa eine

Depression? Sie wünschte inständig, ihrer jungen Freundin solch ein Lebensgefühl ersparen zu können.

»Das hält nämlich kein Mensch auf die Dauer aus«, murmelte sie in den Schrank hinein, und die säuberlich gestapelte Kleidung widersprach nicht.

Plötzlich horchte sie auf. Aus dem Nebenzimmer drangen auf einmal keine Geräusche mehr zu ihr herüber – vielmehr war es verdächtig ruhig geworden. Sofort trippelte sie auf Zehenspitzen zum Durchgang, um zu erspähen, was der kleine Schurke sich hatte Neues einfallen lassen. Doch der saß einfach nur da, starrte mit großen Augen zur Tür, dann zu seiner Großmutter hin und gleich danach wieder zur Tür. Schließlich deutete er mit einem Ärmchen darauf und sagte: »Da.«

»Was ist denn da, mein Schatz? Hat da jemand an die Tür geklopft? Möchte da jemand zu deiner Granny?« Sie beeilte sich, nachzusehen, und wirklich: Auf dem Korridor vor ihrer Wohnung stand jemand, der bereits wieder im Begriff war, umzukehren und zu gehen.

»Oh, guten Morgen, mein lieber Richard. Stehst du da etwa schon lange?«

»Guten Morgen, liebste Roberta. Nein, nein, erst ganz kurze Zeit. Aber ich verschwinde auch gleich wieder und werde es zu einem anderen Zeitpunkt noch einmal versuchen, denn offenbar störe ich dich gerade bei etwas Wichtigem.« Er wandte sich bereits wieder zum Gehen, doch sie hielt ihn zurück.

»Aber nein, keineswegs. Du störst überhaupt nicht. Komm doch herein. Ich habe dich nur nicht klopfen gehört, aber stell dir vor, wer mich darauf aufmerksam gemacht hat.« Sie trat einen Schritt zur Seite und gab den Blick auf ihren Enkel frei, der erst schelmisch grinste, dann äußerst behände aufstand und zu Henderson lief.

»Ja, so etwas! Unser Master Colin hat mein Klopfen gehört?« Henderson freute sich sichtlich über diese Begrüßung. Er tätschelte dem Jungen sanft den Kopf, nahm dessen kleine Hand und betrat die Wohnung.

Roberta schloss die Tür hinter ihm. An diesem Morgen freute sie sich nun bereits zum zweiten Mal darüber, dass sie auf Colin aufpasste, denn in diesem Moment wirkte er als Eisbrecher zwischen ihr und Richard. Auch wenn der Kleine sich danach gleich wieder ihrer Handtasche zuwandte.

»Möchtest du dich vielleicht setzen?« Sie wies auf das geblümte Sofa und Henderson setzte sich. »Und jetzt sag, was führt dich denn zu mir an diesem frühen Morgen?«

»Ja, es ist in der Tat noch sehr früh, bitte verzeih mir. Aber ich habe dir etwas zu erzählen, von dem ich nicht möchte, dass du es eventuell von einer anderen Seite zuerst erfährst. Das wäre mir nämlich äußerst unangenehm.«

»So? Was ist es denn? Jetzt bin ich aber gespannt. Du wirkst ja ganz verändert.«

Er räusperte sich, ehe er begann.

»Nun, ich … ich wollte dir sagen, dass ich dich von deinem Versprechen, es dir noch einmal zu überlegen, ob du mich heiraten möchtest oder nicht, hiermit entbinde.«

Roberta schluckte. Richards Eröffnung klang zwar zunächst nach einer Erleichterung, doch mit jeder Sekunde, die danach verstrich, fühlte sich Roberta, als hätte sie einen Schlag in den Magen bekommen. Was sie soeben gehört hatte, war ihr nicht gleichgültig – alles andere als das. Obwohl sie es doch selbst gewesen war, die seinen Antrag abgelehnt und auch keine Bedenkzeit mehr benötigt hatte.

Als sie noch überlegte, was sie darauf erwidern sollte, fuhr Richard bereits fort.

»Es ist nämlich so, dass ich inzwischen nicht mehr der bin, für den du mich hältst.«

Roberta sah ihn mit großen Augen an.

»Ähm … ja … und wer bist du inzwischen geworden,

wenn ich fragen darf?«

»Nun, ja … eigentlich bin ich es natürlich schon noch.« Er lachte kurz auf, und die Verlegenheit, mit der er das tat, wunderte Roberta ebenso wie seine Art, ihr – was auch immer – mitzuteilen. »Aber mein Leben hat sich nun verändert.«

»Ich bin ganz Ohr.« Sie wagte kaum zu atmen.

»Das ist natürlich falsch. Nicht mein Leben hat sich geändert, es hat sich nur etwas zugetragen, von dem ich noch nicht sagen kann, ob es auch mich verändert hat oder mich noch verändern wird.«

»Du machst es aber ganz schön spannend.« Sie war inzwischen an die vordere Kante des Sitzes gerutscht und lauschte gebannt.

»Nun … bis gestern Nachmittag bin ich noch ein Mann mit einer untadeligen Vergangenheit gewesen – zumindest habe ich mich dafür gehalten.«

»Ja? Und nun?« Roberta hielt es nun kaum mehr aus. »Jetzt sag es doch einfach!«

»Und … und inzwischen bin ich das leider nicht mehr.«

»Wie … ich verstehe nicht. Du bist jetzt kein Mann mehr mit einer untadeligen Vergangenheit? Ja, was … was soll denn das nun wieder bedeuten?«

Noch immer starrte sie ihn an und versuchte vergeblich, sich einen Reim auf seine Andeutungen zu machen. Dann sagte sie plötzlich in energischem Tonfall: »Meine Güte, Richard! Jetzt spann mich doch nicht so auf die Folter! Rück endlich raus mit der Sprache!«

Er atmete tief durch, eher er es schließlich zugab und sagte: »Ich bin seit gestern Vater eines unehelichen Kindes.« Dann strahlte er sie plötzlich an. »Ich habe jetzt einen Sohn.«

Jetzt war Roberta sprachlos, und sofort liefen in ihrem Kopf mehrere Filme gleichzeitig ab. Im Bruchteil einer

Sekunde ging sie sämtliche Frauen im gebärfähigen Alter durch, mit denen Richard – ihr Richard! – Umgang pflegte. Dann überlegte sie fieberhaft, mit welcher davon er in den letzten neun Monaten ein Kind gezeugt haben konnte. Weil sie auf keine Lösung kam, schloss sie daraus, dass es sich um jemanden handeln musste, den sie nicht kannte. Danach sprach sie in deutlich reserviertem Tonfall weiter: »Na, dann wird es dir ja inzwischen äußerst gelegen gekommen sein, dass ich deinen Heiratsantrag nicht angenommen habe, nicht wahr?«

Henderson sah sie nur entgeistert an, als verstünde er kein Wort von dem, was sie sagte.

Roberta hatte sich inzwischen erhoben und die Tür geöffnet. »Dann bleibt mir nur noch, dir von Herzen zu gratulieren, Richard. Und jetzt entschuldige mich bitte. Ich habe heute noch schrecklich viel zu tun.«

»Aber …« Richard stand abrupt auf und folgte ihr in seiner Höflichkeit wie automatisch. »Aber …«, war alles, was er abermals hervorbrachte, während sie ihn durch die Tür schob und diese hinter ihm ins Schloss warf.

Roberta stand nun mitten im Wohnzimmer und konnte nur noch die Wände anstarren. Sie war vor Erregung völlig außer Atem. Ihr Herz schlug hart gegen ihren Brustkorb und sie legte reflexartig ihre Hand darauf.

Das kann doch jetzt nicht wahr sein!

Plötzlich hastete sie an Colin vorbei, der noch immer völlig versunken in sein Spiel auf dem Teppich saß. Im Schlafzimmer zog sie ein Röhrchen mit Tabletten aus der Schublade ihres Nachtkästchens und nahm eine davon zusammen mit einem Schluck aus dem Wasserglas, das stets neben ihrem Bett stand.

So ein elender Schwindler! Gaukelt mir die große Liebe vor, während er eine andere geschwängert hat. So ein Schuft – und um ein Haar wäre ich auf ihn hereingefallen und hätte seinen Antrag doch noch angenommen …

Sie schüttelte den Kopf über ihre eigene Dummheit. Dann atmete sie einmal tief durch und ging erhobenen Hauptes und mit energischen Schritten zurück ins Wohnzimmer, um mit ihrem entzückenden Enkel zu spielen.

19

Vom Badezimmer aus hörte Samantha den Vibrationsalarm ihres Telefons, der den Nachttisch in Schwingung versetzte. Mit schnellen Schritten umrundete sie das ausladende Bett und kam gerade noch rechtzeitig. Auf dem blinkenden Display stand *Michael*.

»Hallo, Liebling!«, rief sie atemlos in den Apparat.

»Meine Güte, Sammy, wie geht es dir denn?« Er klang besorgt und aufgeregt. »Und warum meldest du dich nicht? Du wolltest mich doch anrufen, wenn ich dich holen soll, wenn alles vorbei ist.«

»Ich weiß, du hast ja recht. Ich hätte dich jetzt gleich als Nächstes angerufen, aber ich war dazu noch nicht in der Verfassung. Ich musste erst einmal dringend ins Badezimmer, um mich kurz zu sammeln und einmal durchzuatmen – nach allem, was passiert ist.«

»Und wie geht es dir inzwischen? Hast du alles gut überstanden?«

»Ja, das habe ich. Und Lilian hat es auch gut überstanden.«

»Wie meinst du das? Dass sie einen leichten, schmerzfreien Tod hatte?«

Sie hörte, dass er schluckte.

»Nein, Michael, sie hat es wirklich gut überstanden – Lilian lebt. Sie ist nicht gestorben, sondern sie hat ihre verdammte letzte Nacht überlebt, und gerade in diesem Moment bekommt sie auf der Säuglingsstation ein Fläschchen. Kannst du dir das vorstellen? Sie kann nun wieder selbst aus einem Fläschchen trinken und muss nicht mehr künstlich ernährt werden. Offenbar hat sie während dieser Nacht den Willen entwickelt, doch weiterzuleben.«

Für einen Moment drang nur Stille aus dem Telefon. Dann sagte er: »Mein Gott, ist das schön …« Sie konnte hören, dass er mit den Tränen kämpfte. »Wenn ich nicht wüsste, dass du mit so etwas nie im Leben scherzen würdest, würde ich jetzt denken, dass du mich auf den Arm nehmen willst.«

»Es ist einfach so unglaublich, nicht wahr? Schwester Ruth hat sogar das Wort *Wunder* in den Mund genommen.«

»Das ist es allerdings. Unglaublich und wundervoll.« Er schwieg einen Moment, wie um diese großartige Nachricht zu verarbeiten, dann fragte er: »Aber was hast du denn mit ihr gemacht, dass sie jetzt wieder leben will?«

»Nichts. Gar nichts.«

»Aber irgendetwas musst du doch gemacht haben, sonst wäre das doch gar nicht möglich.«

»Natürlich, aber ich habe nichts anderes gemacht als das, was du gestern gesehen hast, als du bei uns im Zimmer gewesen bist. Ich habe einfach nur im Bett gelegen und Lilian lag auf meiner Brust. Nichts weiter.«

Er schnaubte.

»Und wie hast du es überhaupt bemerkt, dass sie weiterleben will? Hat sie geschrien?«

»Nein, sie hat überhaupt nicht geschrien. Sie hat plötzlich angefangen, an ihrer eigenen kleinen Faust zu nuckeln, kannst du dir das vorstellen? Es hat doch geheißen, sie wäre dazu zu schwach. Ich habe dann nach Schwester Ruth gerufen, weil ich nicht wusste, was ich machen soll. Da habe ich noch gedacht, es wäre mitten in der Nacht, und dabei war es schon heller Tag.«

»Was für ein Wahnsinn! Ich kann es fast noch nicht glauben. Ich hatte mich schon darauf eingestellt, dich vollkommen aufgelöst vorzufinden und dich trösten zu müssen.«

»Ich weiß, ich wollte dir auch sofort Bescheid geben,

aber ich musste mich zuerst frisch machen nach dieser langen Nacht, damit ich dir alles in Ruhe erzählen kann.«

»O ja, darauf freue ich mich schon. Und ich habe dir auch eine Menge zu erzählen. Es gibt nämlich auch unglaubliche Neuigkeiten auf Cardington Manor. Wann kann ich dich denn holen? Jetzt sofort? Ich muss mir nur noch etwas anziehen.«

»Oh, mein Schatz, ich fürchte, deine Neuigkeiten müssen noch eine kleine Weile warten. Ich wollte dir gerade erzählen, dass ich noch ein paar Stunden länger bleiben möchte. So lange, bis mir der Arzt bestätigt, dass Lilian stabil ist. Sie soll nämlich später noch einmal untersucht werden, und Dr. Hart hat zu mir gesagt, ich sollte am besten dabei sein. Und das möchte ich natürlich auch gerne. Kannst du das verstehen, Michael?«

»Natürlich«, erwiderte er und klang dabei nachdenklich. »Das muss ich jetzt sowieso erst einmal alles verdauen. Melde dich doch bitte einfach, wenn ich dich abholen soll, ja?«

»Ja, das mache ich, mein Liebling. Und danke für dein Verständnis. Ich liebe dich.«

»Ich liebe dich auch, du Lebensretterin.«

Michael ließ das Telefon sinken. Er blickte auf und sah sich selbst im Spiegel des Ankleidezimmers auf der Ottomane sitzen.

Konnte das wahr sein? Konnte das kleine Würmchen es wirklich geschafft haben? Freudig wischte er sich übers Gesicht, als könnte er so besser Traum von Wirklichkeit unterscheiden. Er lächelte. Samantha hatte diesem kleinen Mädchen nicht nur das Leben gerettet, sie hatte es ihm geschenkt. Auch wenn sie es nicht selbst geboren hatte, für ihn war es wie eine Geburt.

»Samantha hat Lilian das Leben geschenkt«, sagte er halblaut vor sich hin. Diese Sicht auf die unglaubliche

Begebenheit fühlte sich einfach wundervoll an. Er konnte sich nicht erinnern, je so etwas Besonderes erlebt zu haben. Außer vielleicht die Momente, als er Samantha kennengelernt und sie ihm ein paar Wochen später gesagt hatte, dass sie ein Kind von ihm erwartete.

Und dann war da noch die Situation gewesen, als er Frank diesem William Boyle entrissen und im selben Moment gewusst hatte, dass der Kleine sein Junge sein würde. Dass er auf ihn aufpassen würde. Nicht auszudenken, wenn er diese spontane Entscheidung damals nicht getroffen hätte. Frank wäre in diesem Fall wahrscheinlich inzwischen todunglücklich bei den Boyles und würde vielleicht noch immer auf seinen kleinen Hund warten, den sie ihm versprochen hatten.

Michael konnte es sich heute nicht mehr vorstellen, dass es für ihn selbst anders gekommen wäre. Er liebte diesen Jungen und sah es als seine Aufgabe, sich um Frank zu kümmern. Und dabei gab es noch so viele andere Kinder, um die man sich kümmern könnte – ja, kümmern sollte.

Tränen liefen nun über sein Gesicht und er wischte sie sich einfach mit dem Handrücken ab. Das war gerade wieder so ein Gefühl, als würde der Himmel ihn streifen, als würde Gott persönlich herabsteigen, um ihm etwas zu sagen.

Lilian. Lilian Tomlinson, ging es ihm durch den Kopf.

Er musste jetzt schnell zu seiner Frau und es ihr sagen. Ihr sagen, dass sie dieses kleine Mädchen doch bei sich aufnehmen und ihm eine Familie schenken könnten. Und er musste dringend wissen, was sie davon hielt.

Er stand auf, zog sich seine Jeans an und nahm sich ein frisches Poloshirt aus dem Schrank. Aus einem der oberen Fächer zog er eine Reisetasche hervor und füllte sie mit Kleidungsstücken.

Samantha traute ihren Augen nicht. Es hatte an der Tür geklopft, und als sie geöffnet wurde, fiel ihr Blick als Erstes auf einen üppigen Rosenstrauß, der aus schier unzähligen zartrosafarbenen Knospen bestand. Knapp dahinter nahm sie Michael wahr, der mit freudig strahlendem Gesicht auf sie zukam. Es kam ihr vor wie in einem Film. Sie selbst saß indes am Fenster und hielt das Baby im Arm.

»Michael, Schatz, was machst du denn schon hier? Es ist doch noch gar nicht so lange her, dass wir telefoniert haben. Wir hatten doch gesagt, dass ich dich anrufe.«

Er erwiderte nichts und lächelte nur, während er eine große Tasche abstellte und die Rosen auf dem Tisch ablegte, deshalb fuhr sie fort: »Ich bin jetzt noch nicht so weit. Wir werden aber gleich zur Untersuchung abgeholt und ...«

»Sch ...«, machte er beim Näherkommen und küsste sie auf den Mund.

»Was ist denn mit dir los?«, fragte sie verwundert. »Habe ich etwas verpasst?«

»Ich bin nicht gekommen, um dich abzuholen. Ich bringe dir nur ein paar persönliche Sachen und etwas Kleidung.«

»Aber ... aber warum denn das?« Sie lachte ihn an. »Wir haben doch etwas anderes vereinbart, oder?«

»Weil du gerade einem kleinen Mädchen das Leben geschenkt hast, und da ist das einfach praktisch.«

»Ja, aber ...«

»Sammy, es ist doch ganz offensichtlich, dass dich die Kleine für ihre Mutter hält, und deshalb ist es einfach gut, wenn du noch eine Weile in ihrer Nähe bleibst. Nicht, dass sie noch einen Rückfall bekommt.«

»Aber ...« Mehr konnte sie nicht entgegnen. Hatte er das wirklich gerade gesagt?

Er ging vor ihr in die Hocke und atmete tief durch, bevor er weitersprach: »Sammy, ich wünsche mir, dass dieses kleine Mädchen unser kleines Mädchen wird. Verstehst du?«

Er blickte zunächst auf das winzige Bündel in ihren Armen und danach Samantha direkt in die Augen. Sie starrte mit offenem Mund zurück.

»Aber … aber wo kommt denn das jetzt plötzlich her, dieser Gesinnungswandel? Du hast doch gesagt, du willst dich gar nicht erst in meine kleine Lilian verlieben. Das hast du doch selbst gesagt – sogar wörtlich.« Sie lächelte ihn entgeistert an.

»Da ist es doch schon längst zu spät gewesen, das habe ich nur in diesem Moment noch nicht gewusst. Ihr Schicksal ist doch auch mir zu Herzen gegangen, selbst wenn man mir so etwas vielleicht nicht gleich anmerkt. Nicht so wie dir. Ich wollte wahrscheinlich einfach nur diesen Schmerz von mir fernhalten, die traurige Aussicht darauf, dass einem so ein kleines Wesen wieder genommen werden kann.«

Er streichelte das feine Köpfchen und drückte einen zarten Kuss darauf. »Es ist solch eine große Gnade, ein Kind haben zu dürfen. Das ist keinesfalls selbstverständlich. Auch das ist mir in der letzten Nacht klar geworden. Und eigentlich spielt es doch wirklich keine Rolle, ob es das eigene Kind ist oder nicht.«

Dann lächelte er sie an. »Erinnerst du dich noch an unser Gespräch auf deiner Terrasse in *Stoney Lane*, gleich nach unserer ersten gemeinsamen Nacht? Da habe ich dir genau so etwas zur Antwort gegeben, als du mir erzählt hast, du könntest keine Kinder bekommen.« Sie lächelte ebenfalls und nickte nur. »Und dann sind wir ja erst neulich wieder mit dem traurigen Schicksal von dieser Vivien Sloane konfrontiert worden. Ich habe das Gefühl, die Fälle ausgesetzter oder vernachlässigter Kinder verfolgen mich. Ich habe mir dann immer wieder vorgestellt, dass unser Frank irgendwo gelandet wäre, wo es ihm weniger gut ginge. Oder wo er womöglich leicht auf die schiefe Bahn geraten könnte.« Er schüttelte voller Ergriffenheit den Kopf. »Ich kann mir zwar auf der ganzen Welt kein Waisenhaus vorstellen, in dem es Kinder besser haben könnten als in *Cardington Home*, aber am besten wäre es doch, wenn sie gar nicht erst in einem leben müssen, nicht wahr?«

Noch immer starrte Samantha ihn nur verwundert an und wagte es nicht, seinen Vortrag zu unterbrechen.

Mit einem Anflug von Panik im Blick fragte er dann unvermittelt: »Oder möchtest du Lilian etwa gar nicht zur Tochter haben? Ich meine, wenn ich dich mit meinen Gedanken jetzt überrumpelt habe, dann tut mir das sehr leid. Aber ich habe angenommen, du möchtest das sowieso und …« Er sprach den Satz nicht zu Ende.

»Ehrlich gesagt …«, begann sie kopfschüttelnd und atmete erst einmal tief durch. »Ich habe den Gedanken daran vollkommen verdrängt. Zuerst bin ich mir ja sicher gewesen, die Kleine würde sterben. Dann hast du ja auch ziemlich deutlich durchblicken lassen, dass du mit der ganzen Sache nichts zu tun haben willst. Ich habe natürlich angenommen, dass es noch etwas mit mir und unserer Krise zu tun hat. Ein drittes Kind ist immerhin auch eine große Aufgabe und eine Verantwortung dazu und …«

Er fiel ihr ins Wort.

»Und wenn du den Gedanken jetzt nicht mehr verdrängst? Bitte sag mir, Sammy, könntest du es dir dann vielleicht vorstellen, dass wir auch noch eine Tochter zusammen haben?«, fragte er mit leichtem Beben in der Stimme.

»Natürlich kann ich mir das vorstellen.« Sie lachte auf und weinte gleichzeitig. »Ich habe es mich bisher nur einfach nicht getraut – aus Angst, sie mir noch ein zweites Mal aus dem Herzen reißen zu müssen. Ich konnte doch nicht ahnen, dass du das auch möchtest.« Immer mehr Tränen stiegen ihr in die Augen und sie bedeckte Lilians Haarflaum mit ihren Küssen.

»Unsere Tochter«, flüsterte sie und weinte vor Glück.

»Ja, unsere kleine Tochter – sofern von behördlicher Seite aus nichts dagegenspricht.«

»Du bist wirklich immer für eine Überraschung gut.« Sie schüttelte den Kopf und wischte sich lächelnd die Tränen fort. Danach küssten sie sich liebevoll.

»Lilian Tomlinson, komm doch jetzt mal her zu deinem Vater.« Er nahm Samantha die Kleine vorsichtig ab und hielt sie geborgen in seinen warmen Händen, während er sie überglücklich anstrahlte. Dann drückte er sie innig an sein Herz.

20

Roberta war erstaunt. Der Mann, der da am frühen Nachmittag so beschwingt und leichtfüßig den Weg von den Garagen her zurücklegte, erinnerte sie entfernt an Michael. Doch es war ausgeschlossen, dass er es war, denn dieser Mann schien in diesem Moment überglücklich zu sein. Und er hatte keine weinende Samantha neben sich. Roberta überlegte, ob sie vielleicht ihre Brille abnehmen und sich vergewissern sollte, dass sie die Gläser ordentlich geputzt hatte. Oder brauchte sie etwa schon wieder stärkere Gläser? Wie lange lag bloß ihr letzter Besuch beim Augenarzt zurück? Sie grübelte darüber nach und schob Colin in seinem Sportwagen weiter den Weg entlang, der sie zum Waisenhaus bringen sollte, als dieser Mann ihr plötzlich etwas zurief: »Roberta! Bleib doch bitte mal stehen!«

»Ja, guten Tag, Michael! Also bist du es doch! Ich habe schon geglaubt, dass mit meinen Augen etwas nicht in Ordnung ist.«

»Guten Tag, liebe Roberta, warum sollte mit deinen Augen etwas nicht stimmen?«, fragte er, als er sie fast eingeholt hatte.

Weil ich bis vor Kurzem noch geweint habe, gab sie sich selbst zur Antwort. Laut aber erwiderte sie: »Ach, weil ich zurzeit nicht so gut schlafen kann und dann sind die Augen am Tag eben müde.«

Michael küsste sie zur Begrüßung auf die Wange.

»Ich muss dir ganz dringend etwas erzählen, denn ich möchte, dass du es als Erstes erfährst.«

»So wie du aussiehst, müssen es wohl angenehme Nachrichten sein, und die kann ich gerade sehr gut gebrauchen.«

»Warum denn? Ist etwas nicht in Ordnung bei dir, außer …?« Er sprach den Satz nicht zu Ende, aber sie wusste ohnehin, was er meinte.

»Außer meiner Trennung, meinst du? Durch meinen Kummer muss ich jetzt alleine durch. Aber sonst ist wirklich alles in Ordnung. Also … ich bin gespannt.«

Damit sie nicht wieder anfing zu weinen, lächelte sie tapfer ihre trüben Gedanken fort.

»Hm.« Er dachte kurz nach. »Wie viel Zeit hast du? Könnte sie für die lange Fassung reichen oder möchtest du lieber die Kurzfassung hören?«

Die alte Dame lachte auf. »Also, du machst es ja mal wieder spannend! Da ich Zeit habe, würde ich am liebsten beide Fassungen hören: zuerst die kurze und danach die lange.«

»Na gut! Die Kurzfassung lautet: Das kleine Mädchen hat die Nacht überlebt und Sammy und ich möchten es gerne adoptieren.«

»Nein, Michael! Wie ist das wundervoll! Das freut mich wirklich sehr für euch! Lass dir schon mal von Herzen gratulieren!« Sie trat einen Schritt auf ihn zu und umarmte ihn. »Da fällt mir jetzt ein richtig großer Stein vom Herzen. Weißt du, ich habe mir schon solche Sorgen um Samantha gemacht, und darüber, wie sie diese traurige Sache wohl verkraften würde. Und jetzt ist wie durch ein Wunder eine glückliche Angelegenheit daraus geworden – ach, ist das aber schön!«

»Ja, das ist es, ich danke dir.«

»Samantha hat mir erzählt, dass sie die Kleine *Lilian* genannt hat. Das ist ein ganz bezaubernder Name! Und *Lilian Tomlinson* hat einen hübschen Klang.«

Er ging vor dem Buggy in die Hocke. Sein Sohn schien ihn noch gar nicht bemerkt zu haben. Colin war mit einem hölzernen Bilderbuch beschäftigt, dessen stabile Seiten mit einer roten Kordel gebunden waren. Besonders die dicke Holzperle, die den Knoten der Schnur versteckte, hatte es ihm wohl angetan, denn er schien die Konstruktion gründlich zu untersuchen. Michael lächelte ihn an.

»Auch wenn ich es mir zum jetzigen Zeitpunkt noch nicht vorstellen kann, aber dieser junge Mann wird in Kürze der große Bruder einer kleinen Schwester sein.«

Er streichelte die zarte Wange, erntete aber nur wenig Aufmerksamkeit von seinem Sohn. Dann küsste er ihn auf die goldenen Locken und richtete sich wieder auf.

»So. Und jetzt kommt die Langfassung, Roberta …«

»Wie wäre es«, unterbrach sie ihn sofort, »wenn du sie mir auf dem Weg zum Kinderheim erzählen würdest? Ich habe nämlich in diesem Augenblick beschlossen, dass ich heute Nachmittag, wenn ich sowieso in Rye unterwegs bin, Samantha und euer kleines Schätzchen besuchen gehe. Und dann darf ich jetzt keine Zeit mehr verlieren.«

»Das ist eine nette Idee. Samantha wird sich bestimmt darüber freuen, aber was hast du denn sonst noch in Rye zu tun?«

»Ach, nichts Aufregendes. Nur ein paar Besorgungen: Kurzwaren und ein paar Kleinigkeiten, die mir während der Reise ausgegangen sind. Und gerade fällt mir ein, dass ich auch noch zum Friseur gehen könnte. Als dreifache Granny muss man schließlich auf sich achten …«

Bereits zum zweiten Mal an diesem Tag bekam Samantha Blumen. Diesmal waren es lauter bunte Blüten, und der Strauß mutete an, als hätte Roberta ihn selbst auf einer duftenden Sommerwiese gepflückt.

»Danke schön, meine liebste Roberta. Nimm doch bitte Platz.« Sie wies auf den Stuhl neben sich.

Roberta kicherte leise. »Das ist ganz ungewohnt, eine frisch gebackene Mutter nicht in einem Bett vorzufinden, sondern normal bekleidet und auf einem Stuhl.«

»Ja, aber die ganze Situation ist alles andere als normal. Und wenn ich mich hier tagsüber in dieses Bett legen würde, käme ich mir vor, als wäre ich krank.«

»Das würde mir genauso gehen, Liebes.« Auf Zehenspitzen näherte sich Roberta dem Babybett, das in einer dunkleren Ecke des Raumes stand, und spähte vorsichtig hinein. Mit verklärtem Gesicht schlich sie wieder zu Samantha hin. »Oh mein Gott, was für ein bezauberndes Schätzchen sie ist. Das hast du richtig gut gemacht, Liebes, richtig gut. Und auch der Name Lilian passt zu ihr, wie ich finde. Und dass ihr sie jetzt auch noch als drittes Kind zu euch nehmen wollt, das freut mich alles von ganzem Herzen.«

»Ja, so empfinden wir auch.« Samantha schaute ihre Freundin an und stellte fest, dass diese offenbar nur die halbe Wahrheit gesagt hatte. Die alte Dame lächelte zwar glücklich und sah – wie Samantha fand – an diesem Tag auch besonders hübsch aus, doch ihre Augen sprachen eine andere Sprache: Sie schienen bei näherer Betrachtung verquollen und gerötet, gerade so, als hätte Roberta geweint.

»Sag mal«, begann sie vorsichtig, »habt ihr euch etwa wieder versöhnt, dein Richard und du?«

»Nein. Warum fragst du mich das?« Roberta schüttelte verwundert den Kopf.

»Nur so … einfach, weil du dich heute so besonders hübsch gemacht hast. Fast so, als wärst du wieder verliebt oder einfach nur besonders glücklich.«

»Ach, das meinst du nur. Nein, nein, ich komme gerade vom Friseur. Jodie lässt es sich doch nie nehmen, mir immer noch ein wenig Make-up aufzutragen. Sie sagt, es gehört zu einer neuen Frisur dazu, dass auch das Gesicht ein bisschen verschönert wird.«

»Ach, deshalb …« Samantha nickte. »Wie bist du überhaupt hergekommen? Hat Richard dich gebracht?«

»Nein, ich bin mit dem Bus gefahren.«

»Aber wenigstens abholen könnte er dich doch. Warte, ich rufe ihn am besten gleich an, damit er sich schon einmal darauf einstellen kann. Die Strecke dauert mit dem Bus ja ewig ...« Sie stand auf und wollte ihr Telefon aus der Nachttischschublade holen.

»Nein!«, sagte Roberta – offenbar lauter, als es ihr lieb war, denn sie schaute danach betrübt in Richtung des gläsernen Kinderbettes. »Bitte nicht, Samantha«, fügte sie deutlich leiser hinzu.

»Aber wieso denn nicht? Sich von jemandem abholen zu lassen, das bedeutet noch lange nicht, dass man ihn auch heiraten muss. Besonders nicht, wenn dieser jemand von Beruf auch noch Butler ist.«

»Wenn die einzige Möglichkeit, nach Hause zu kommen, darin bestehen würde, dass Mr Henderson mich abholt, dann ziehe ich es vor, später nach Hause zu laufen – und das auch bei Wind, Wetter, Hagel, Eis und Schnee.« Ihr glückliches Gesicht sah mit einem Mal trotzig aus. »Ach ja, Erdbeben, Krieg und Beulenpest hätte ich jetzt fast vergessen«, fügte sie noch erbost hinzu.

Samantha sah sie entsetzt an und musste sich eine Weile sammeln, bevor sie überhaupt etwas erwidern konnte.

»Habe ich das richtig verstanden? Du nennst ihn jetzt *Mr Henderson* und nicht mehr *Richard*?«

»Ganz recht«, kam es schnippisch zurück.

»Aber wieso denn nur? Was ist denn jetzt schon wieder passiert?«

»Was passiert ist?« Roberta schnaubte. »Nun ... Mr Henderson hält sich neuerdings anscheinend für Don Juan. Erst schwängert er irgend so ein junges Ding und danach macht er mir alten Kuh schöne Augen. Und zu guter Letzt kommt er mir noch mit seiner tollen Reise und dem Heiratsantrag. *Mr Henderson* ist ab sofort für mich gestorben, und ich bitte dich inständig, das zu respektieren.«

»Henderson soll …?« Mehr brachte Samantha in ihrer Bestürzung und Überraschung nicht hervor. Dann fing sie ganz plötzlich an zu lachen und bemühte sich, dabei nicht zu viele laute Töne von sich zu geben, um Lilian nicht zu wecken. »Roberta, du nimmst mich gerade auf den Arm, stimmts?«

»Mache ich tatsächlich den Eindruck, als würde ich scherzen?« Ein kalter, verletzter Blick traf Samantha und das Lachen blieb ihr daraufhin im Hals stecken.

»Eigentlich nicht.« Samantha schüttelte den Kopf. »Aber wie kommst du denn nur auf so etwas?«

»Du fragst mich, wie ich darauf komme? Denkst du etwa, ich habe mir das nur ausgedacht?« Robertas Stimme überschlug sich nun fast. »Er hat es mir doch selbst gesagt – erst heute Morgen! Er hat mir wörtlich mitgeteilt, dass er jetzt einen unehelichen Sohn hat.« Sie klang verbittert und weinerlich und Samantha bereute nun, dass sie gelacht hatte.

»Das kann ich mir beim besten Willen nicht vorstellen. Doch nicht unser Henderson …«, sagte sie leise und enttäuscht.

»Ja, genau so hatte ich auch über ihn gedacht – aber das ist vor seiner Eröffnung gewesen.« Roberta hatte nun Tränen in den Augen und kramte in ihrer Handtasche nach einem Taschentuch. Samantha nahm ihre Hand.

»Meine liebe Roberta … es tut mir so leid, dass ich zuerst gelacht habe, aber es ist mir am Anfang wirklich vorgekommen wie ein schlechter Witz. Bitte glaub mir, dass ich dich nicht habe verletzen wollen.« Die alte Dame nickte nur verständnisvoll und überließ Samantha weiterhin das Reden. »Ich verspreche dir, dass ich der Sache auf den Grund gehen werde. Wenn ich später mit Michael rede, werde ich ihn gleich fragen, was er über diese Sache weiß, einverstanden?« Roberta fiel ihrer jungen Freundin um den Hals und genoss deren Trost.

21

Sie konnte es nicht erwarten, bis Michael endlich an sein Telefon ging.

»Sammy, Liebling, was gibt es denn? Und wie geht es meinen beiden Lieblingsmädchen?«

»Uns geht es gut, danke. Dr. Hart ist sehr zufrieden mit Lilian und hat gesagt, er hätte den Eindruck, sie würde nun fast stündlich Fortschritte machen.«

»Das ist ja schön.« Er klang ehrlich erfreut und beruhigt.

»Ja, ich finde auch, man kann ihr fast dabei zusehen, wie sie nun gedeiht. Dr. Hart hat vorhin auch noch gemeint, dass wir sie vielleicht schon übermorgen mit nach Hause nehmen können.«

»Wirklich? Das ist ja wunderbar.«

»Er hat sich übrigens sehr darüber gefreut, dass wir Lilian adoptieren wollen.«

Michael seufzte und sagte: »Weißt du, Sammy, welcher Gedanke mir vorhin gerade gekommen ist? Dass dieses kleine Mädchen, dem du das Leben gerettet hast, vielleicht auch unsere Rettung ist. Seit es Lilian nämlich in unserem Leben gibt, gelingt es uns viel besser, die Vergangenheit und all ihre Qualen ruhen zu lassen, findest du nicht auch?«

»Ja, da hast du recht, jetzt, wo du es sagst ... und du hast das gerade übrigens sehr schön gesagt. Vielleicht hilft uns Lilian wirklich dabei, als Paar und auch als Familie wieder zusammenzuwachsen. Ich würde mir nichts sehnlicher wünschen.«

»Ja, so geht es mir auch«, erwiderte er zärtlich.

Dann schwiegen sie einen verliebten Moment lang und genossen ihre Nähe.

Nach einer Weile sagte Samantha. »Michael, Liebling, ich zerstöre nur ungern unsere romantische Stimmung, aber weswegen ich dich eigentlich dringend sprechen muss, ist ein ganz anderes Thema.«

»Und zwar?«

»Sag mir doch mal bitte, was ist denn das für eine haarsträubende Geschichte mit Roberta und Henderson? Weißt du vielleicht etwas Näheres darüber?«

»Keine Ahnung, was meinst du denn jetzt? Dass sie ihn nicht mehr heiraten will, habe ich doch erst von dir erfahren.«

»Nein, das meine ich nicht. Henderson muss wohl einer jungen Frau ein Kind gemacht haben und er hat jetzt angeblich einen unehelichen Sohn. Sie hat gesagt, das hätte er ihr heute Morgen selbst erzählt, und jetzt ist sie zutiefst verletzt, weil er sie so schändlich hintergangen hat. Ich kann es mir zwar nicht vorstellen, aber wenn das stimmen sollte, kann ich sie schon verstehen.«

Es dauerte einen quälend langen Moment, bis Michael darauf reagierte, und das tat er, indem er so laut und anhaltend lachte, dass Samantha den Hörer auf Abstand halten musste.

»Michael, jetzt hör doch mal auf«, kicherte sie. »Ich gebe ja zu, dass das auch meine erste Reaktion gewesen ist. Aber wir dürfen doch Roberta jetzt nicht verhöhnen, indem wir über die Sache lachen, die ihr so großen Kummer bereitet. Das ist nun wirklich kein Spaß mehr!«

»Das ist der Witz des Jahrhunderts«, hörte sie ihren Mann hingegen grölen.

»Michael, bitte, reiß dich zusammen! So kenn ich dich ja gar nicht. Das ist nicht wirklich lustig. Mir fällt es ja auch schwer, es mir vorzustellen«, versuchte sie, ihn zu beruhigen, doch es dauerte noch eine ganze Weile, ehe er wieder sprechen konnte.

»Ich habe selten so gelacht«, sagte er dann und es

klang so, als würde er im nächsten Moment wieder damit beginnen.

»Jetzt sag mir doch bitte, weißt du etwas über die Sache? Da muss doch etwas dran sein, Roberta ist doch nicht ohne Grund derart verstört und verletzt.«

»Allerdings. Und jedes Wort davon ist wahr«, prustete er von Neuem los. »Zumindest fast jedes.«

»Michael, es reicht jetzt! Denk doch mal bitte an die arme Roberta!« Samantha schüttelte den Kopf und konnte nur abwarten, bis er sich wieder beruhigt hatte.

»Sammy, Liebling, bevor ich noch einen Bauchmuskelkater bekomme vom vielen Lachen, werde ich dich jetzt von deiner Unwissenheit erlösen.« Er seufzte auf.

»Das wurde aber auch Zeit.«

»Also, wie gesagt, jedes Wort davon ist wahr. Diese heiße Affäre hat nur bereits vor etwa vierzig Jahren stattgefunden. Die junge Frau ist inzwischen verstorben und der süße kleine Knabe, den sie hinterlassen hat, ist niemand anderer als unser mysteriöser Jefferson Barley.«

»Nein!«, war nun alles, was sie darauf erwidern konnte, bevor sie in seine neue Lachsalve mit einfiel.

»Das darf nicht wahr sein! Was für eine köstliche Geschichte!«, sagte sie, als sie sich wieder gefangen hatte. »Ist das zufällig die Neuigkeit, die du mir am Morgen hast erzählen wollen? Direkt nach meiner Nacht mit Lilian, meine ich?«

»Ganz genau. Aber das war inzwischen völlig in Vergessenheit geraten wegen Lilian und unseren Plänen.«

»Ich verstehe. Jefferson ist also wirklich ein zweiter Henderson. Als hätte ich es geahnt.«

»Ich weiß ja nicht, wie sich unser guter Henderson ausgedrückt hat, als er gemeint hat, Roberta umgehend über seine neue Vaterschaft unterrichten zu müssen. Aber wenn ich dich richtig verstanden habe, denkt sie jetzt, dass die Affäre in den letzten neun oder zehn Monaten stattgefunden haben muss.«

»Allerdings, genau das denkst sie. Und du hättest mal hören müssen, wie sie inzwischen über ihn spricht: *Mr Henderson*, so nennt sie ihn nur noch. Und dass Richard für sie gestorben ist. Ich habe den Eindruck, sie ist ziemlich verbittert wegen dieser Sache und eifersüchtig obendrein. Und sie will nichts mehr mit ihm zu tun haben.«

»Auweia …« Michael atmete geräuschvoll aus. »Der arme Mann.«

»Und die arme Roberta. Sie ist schließlich auch nicht besser dran. So ein blödes Missverständnis aber auch. Und ich habe gehofft, sie kommen doch wieder zusammen, aber jetzt habe ich langsam keine Hoffnung mehr.«

»Vielleicht tut es ihrer Beziehung ja ganz gut, dass sie seinetwegen eifersüchtig ist. Immerhin traut sie ihm eine Affäre mit einer jungen Frau zu.«

»Du meinst, dass sie ihn dadurch wieder mehr zu schätzen weiß? Das kann ich mir im Moment nicht vorstellen. Vielleicht irgendwann, wenn sie darüber geredet und das Missverständnis aus der Welt geräumt haben, dann ja. Aber ohne Hilfe werden sie ja gar nicht erst miteinander sprechen, da hilft dann auch die Eifersucht nichts.«

»Hm. Vielleicht ergibt sich ja für mich eine Gelegenheit, dem Schicksal ein wenig in die Hände zu spielen und zwischen den beiden zu vermitteln.«

»Das wäre wirklich schön. Ich mag es einfach nicht, wenn die Menschen, die ich liebe, traurig sind.«

»Ich weiß, mein Schatz, aber ich werde mich dabei wohl lieber an Henderson halten. Roberta hatte ja heute Vormittag Gelegenheit, sich mir anzuvertrauen, aber wollte es wohl nicht. Andererseits hat sie mir so merkwürdig vertrauliche Fragen gestellt, meine berufliche Zukunft betreffend …«

»Ach wirklich? Hat sie das?« Samantha grinste und

wechselte das Thema. »Wem hast du es eigentlich noch erzählt, dass wir Lilian adoptieren wollen?«

»Nur Roberta. Ach nein, auch Colin, aber er hält dicht, bis wir es allen gemeinsam sagen können.« Er lachte kurz auf.

»Du bist schrecklich«, sagte sie und grinste. »Michael, ich muss jetzt leider Schluss machen, weil eines deiner beiden Lieblingsmädchen gerade anfängt zu weinen.«

»Oje, dann gib ihr bitte einen Kuss von ihrem Dad.«

»Das mache ich, bis bald, mein Liebling.«

»Bis bald. Ich liebe dich.«

»Ich liebe dich auch. Und küss meine Jungs von mir.«

»Das mache ich, mein Schatz.« Michael drückte auf die rote Taste und steckte sein Telefon zurück in die Hosentasche seiner Jeans. Er stand von seinem Bürostuhl auf und verließ das Arbeitszimmer.

Etwa eine Minute später stand er vor der Tür der Butlerloge. Als er nach seinem Klopfen hereingebeten wurde, trat er ein und sagte: »Guten Abend, Henderson. Könnte ich Sie einmal kurz sprechen?«

»Selbstverständlich, Mr Tomlinson. Was kann ich denn für Sie tun?«

»Mein lieber Henderson, heute muss die Frage wohl eher lauten, was ich für Sie tun kann.«

22

Roberta saß nach dem Frühstück in ihrem Wohnzimmer auf dem Sofa und las in einer Zeitschrift. Sie wartete auf Michael, der Colin zu ihr bringen wollte, bevor er wieder zu Samantha und Lilian in die Klinik fuhr. Und so war sie keinesfalls verwundert, als es an ihrer Tür klopfte.

»Bitte, kommt nur herein!«, rief sie freundlich und schaute mit einem Lächeln von ihrer Lektüre auf.

Im selben Augenblick froren ihr die Gesichtszüge ein. Das war der Moment, als sie erkannte, wer die Tür geöffnet hatte und inzwischen bereits ein paar Schritte weit in ihre Wohnung getreten war.

»Guten Morgen, liebe Roberta, bitte, verzeih mein Eindringen, aber ich halte es für wichtig, dass du meinen Sohn kennenlernst.«

»Ich denke, das ist nicht nötig«, erwiderte sie schnippisch.

»Doch, das ist es.« Er wandte sich um in Richtung der noch immer geöffneten Tür und sagte laut: »Kommst du jetzt bitte herein?«

»Was soll denn das Theater jetzt? Kann ich nicht sel…« Ihr Einwand blieb unvollendet, als sie sah, wer da zu ihrer Tür hereinkam und sich neben Henderson stellte.

Es war dieser Jefferson, der ihr schon seit der ersten Begegnung seltsam erschienen war. Er hatte sie nämlich immerzu an irgendjemanden erinnert, auf dessen Namen sie aber nicht gekommen war. Und jetzt war plötzlich alles klar. Mit einem Mal. Die gleiche Gesichtsform. Der gleiche Haaransatz. Eine ähnliche Statur.

Wie derselbe Mann, aber aus verschiedenen Zeitaltern.

Fasziniert blickte sie zwischen den beiden Männern

hin und her, die stocksteif vor ihr standen, aufgebaut wie Schaufensterpuppen. Die Ähnlichkeit zwischen den beiden war einfach unglaublich, wenn man wusste, wen man vor sich hatte.

Als sie sah, dass die beiden Herren sich gegenseitig ein wenig betreten anlächelten, wie sie so taxiert wurden, bemerkte Roberta, dass sich sogar ihr Lächeln glich, und dann konnte sie nicht mehr anders und schmunzelte nun ebenfalls. Es war ein wohltuendes und befreiendes Gefühl, die verbitterte Haltung der letzten Stunden aufzugeben. Und gleichzeitig empfand sie eine schreckliche Peinlichkeit, weil sie Richard unrecht getan hatte.

Ja, *Richard*, und nicht mehr *Mr Henderson*.

»Das ist also dein Sohn.« Sie nickte anerkennend. »Da kann ich dir wirklich nur gratulieren. Er macht dir alle Ehre.«

Jefferson verneigte sich höflich und sagte: »Sehr freundlich von Ihnen, mich zu empfangen, Mrs Gilchrist. Wenn Sie mich jetzt bitte entschuldigen würden. Ich habe im Haus zu tun. Und ich denke auch, Sie haben sich viel zu erzählen, und dafür möchte ich Ihnen gerne den nötigen Raum geben.«

Auch von Henderson verabschiedete er sich mit einer knappen Verbeugung. »Vater, du entschuldigst mich?«

»Selbstverständlich, mein Junge, geh nur.«

Als Jefferson die Tür hinter sich geschlossen hatte, entstand ein Moment sprachloser Verlegenheit. Es war an Roberta, das Eis zu brechen.

»Er scheint sehr nett zu sein, dein Sohn. Und er ist dir sehr ähnlich.«

»Ja, nicht wahr? Und wie du sicher gehört hast, nennt er mich *Vater*. Stell dir vor: Jemand nennt mich *Vater*.« Er kicherte vor Freude. »Wenn mir das jemand vor einer Woche gesagt hätte … ich hätte es nicht geglaubt.«

»Vor einer Woche sind wir gerade in Lissabon gewesen.«

»Ja, es war einfach herrlich in Portugal.«

»Denkst du eigentlich noch gerne an unsere Reise zurück?«, fragte sie kleinlaut.

»Selbstverständlich. Ich habe diese Wochen sehr genossen.« Dann fügte er leiser hinzu: »Jedenfalls bis zu dem Moment, als du …«

Dann entstand wieder ein Moment der Stille, den Roberta schnell brach: »Ach, mein lieber Richard, ich schäme mich so.«

»Aber warum denn, liebste Roberta? Ich wüsste keinen Grund, weshalb du dich schämen solltest.«

»Weil ich offenbar schrecklich misstrauisch bin. Ich habe gedacht, du hättest diesen Sohn zusammen mit einer jüngeren Frau.«

»Aber ist das nicht für einen Mann meines Alters eher schmeichelhaft, wenn die Dame seines Herzens ihm so etwas zutraut?« Er lächelte.

»Bin ich denn überhaupt noch die Dame deines Herzens?«, fragte sie mit Tränen in der Stimme.

»Aber selbstverständlich bist du die Dame meines Herzens. Wer sollte es denn sonst sein?«

»Ach, mein lieber Richard, ich verdiene dich doch gar nicht. Du hast mir einen so entzückenden Heiratsantrag gemacht, und ich habe ihn dann aus Feigheit vor diesem Schritt doch abgelehnt. Mir ist einfach nicht mehr zu helfen.«

»Liebste Roberta, gehst du nicht gerade ein bisschen zu hart mit dir ins Gericht? Ich finde dich nämlich wundervoll – und zwar so, wie du bist. Und so ein Schritt will einfach reiflich überlegt sein, auch in unserem Alter.«

»Ich glaube, inzwischen weiß ich, was der wahre Grund für meine Ablehnung war. Weißt du, ich liebe meine neue Familie und ich möchte einfach nicht mehr ohne sie leben. Jetzt, wo ich endlich eine habe. Die Vorstellung, wieder von ihnen entfernt zu leben, wenn wir nach der Hochzeit in deine Wohnung nach Rye ziehen würden, ist für mich einfach unerträglich. Ich denke, deshalb habe ich die Notbremse gezogen.«

Richard nickte verständig und Roberta sprach weiter.

»Weißt du, ich würde am liebsten mit euch allen zusammenleben. Die Kinder werden doch so schnell groß. Und Samantha und Michael brauchen mich doch – gerade jetzt, wo sie noch ein drittes Kind haben wer...« Statt den Satz zu beenden, biss sie sich auf die Unterlippe.

»Wie schön. Das habe ich ja gar nicht gewusst, dass Mrs Tomlinson wieder in Erwartung ist«, warf Richard erfreut ein.

»Oje, das hätte ich jetzt nicht ausplaudern dürfen. Es ist noch geheim, also verrate mich bitte nicht. Aber wenn du es jetzt eh schon weißt, dann sollst du es auch gleich richtig erfahren: Sie wollen ein Baby adoptieren, ein kleines Mädchen. Weißt du, es ist für mich so ein schönes Gefühl, von meiner Familie gebraucht zu werden.«

»Ich verstehe dich.« Er nickte. »Und das Geheimnis ist bei mir sicher verwahrt.«

»Jetzt, wo auch du Familie hast, nämlich deinen Sohn, wäre es nicht schön, wenn du auch in seiner Nähe leben würdest?«

»Gewiss wäre es das. Aber meine Dienstzeit auf Cardington Manor ist inzwischen vorbei, wie du weißt.«

»Papperlapapp, Dienstzeit! Als müsstest du hier arbeiten, um hier leben zu dürfen! Du weißt genau, dass dich alle schrecklich gerne mögen und immer gerne sehen würden. Du müsstest nur einmal deinen Stolz überwinden. Meine Wohnung ist schließlich groß genug für uns beide.«

»Heißt das ...?«, fragte Richard gerührt.

Roberta nickte nur.

»Liebste Roberta, ... von Herzen gerne.«

23

In dem Raum, der sich auf der anderen Seite des Korridors – dem Kinderzimmer direkt gegenüber – befand, herrschte schon den ganzen Vormittag ein reges Treiben. Dort wurde in einem der ehemaligen Jugendzimmer der Familie Cardington eine Überraschung für Frank vorbereitet: sein eigenes Zimmer – nur für ihn allein.

Michael hatte jeden aus dem Haus gebeten, dabei mitzuhelfen, und alle, die gerade entbehrlich waren, hatten sich bereitwillig zusammengefunden. Gemeinsam mit Jefferson rückte er dann als Erstes die massiven Möbel von den Wänden, damit Clara dahinter sauber machen konnte. Frances putzte die hohen Fenstertüren, die den Blick auf eine weitere Dachterrasse freigaben. Mildred reinigte indes den blaugrauen Teppich. Rose hatte gerade ein Tablett mit frischem Eistee und Keksen hereingebracht und bot jedem davon an.

Henderson und Roberta säuberten gemeinsam die Regale und die darin befindlichen Gegenstände, zu deren Herkunft Henderson zur Belustigung aller Beteiligter ein paar Anekdoten zu erzählen wusste. Dort standen unter anderem: ein antiker Globus, schwere alte Eisenbahnwaggons sowie diverse Oldtimer- und Rennwagenminiaturen.

»Und ich kann mich noch genau an den Tag erinnern, als Lord Charles – er muss wohl um die zwölf Jahre alt gewesen sein – dieses Flugzeugmodell aufgehängt hat«, sagte der alte Butler mit einem Blick zur Zimmerdecke. »Er hatte wochenlang – immer nach den Schularbeiten – daran gebastelt und war so stolz, als es dann endlich fertig war«, ergänzte er mit einem Lächeln, das ihm in der nächsten Sekunde auf seinen Zügen gefror. Das war in der Sekunde, als er sah, dass Frank ins Zimmer gekommen war und sich staunend umsah.

»Guten Tag ... was ist denn hier los? Diesen Raum kenne ich ja noch gar nicht«, sagte der Junge atemlos.

»Guten Tag, mein Sohn.« Michael ging auf ihn zu, während sich seine Komplizen damit beeilten, zu Ende zu bringen, was sie gerade taten. Sie lächelten, weil sie ahnten, was gleich kommen würde.

»Guten Tag, Dad.« Sie umarmten sich kurz, dann fragte Frank: »Aber ... aber wer wohnt denn hier? Diese Tür war doch sonst immer abgesperrt.«

»Franky, deine Mutter und ich, wir haben uns überlegt, ob es für dich nicht schön wäre, wenn du dein eigenes Zimmer bekommen würdest.«

Der Junge konnte ihn jetzt nur noch anstarren.

»Mein eigenes Zimmer? Du meinst ... du meinst, das hier alles ist für mich?« Ein leuchtender, feuchter Blick aus wasserblauen Augen traf Michael mitten ins Herz, und in dem Moment wusste er, dass das, was er angefangen hatte, das Richtige war.

»Ja, vorausgesetzt, es gefällt dir. Meinst du, du könntest dich hier wohlfühlen?«

»Ob ich mich hier wohlfühlen könnte?« Frank ließ seinen überraschten Blick durchs Zimmer schweifen und strahlte dabei mit den Anwesenden um die Wette.

»Ja! Und wie!«, rief er aus und fiel seinem Vater überglücklich in die Arme.

»Das ist gut. Dann kannst du dich hier gleich mal ein bisschen nützlich machen, aber bevor du damit anfängst, möchte ich noch eine weitere Neuigkeit verkünden. Ich darf Sie alle bitten, mir einen Moment lang zuzuhören.« Die Helfer hielten in ihren Beschäftigungen inne, und es kehrte eine gespannte Stille ein.

»Ich danke Ihnen«, begann Michael. »Das ist ein überaus günstiger Moment für das, was ich Ihnen zu sagen habe, denn sie sollen es schließlich alle erfahren. Meine Frau und ich, wir wollten es Ihnen eigentlich gemeinsam sagen, aber da sie gerade verhindert ist, sind wir übereingekommen, dass es so das Beste ist.« Er räusperte sich kurz, um sich zu sammeln, und blickte dabei in lauter freundlich lächelnde Gesichter.

»Warum unser Frank gerade jetzt sein eigenes Zimmer bekommt, hat einen bestimmten Grund.« Er strubbelte ihm durch sein rotes Haar und fügte lachend hinzu: »Natürlich, weil er schon ein so großer Junge ist.« Die Anwesenden lachten mit, wie um die Spannung ein wenig erträglicher zu machen. »Aber es hat noch einen anderen Grund.«

Er ging vor seinem Sohn in die Hocke und sah ihn nun direkt an.

»Franky, es ist nämlich so, dass deine Mummy und ich … dass wir noch ein Kind bekommen werden. Und das bedeutet, du und Colin, ihr bekommt eine kleine Schwester.«

»Ist das wahr?«, rief der Junge erfreut aus und fiel seinem Vater so ungestüm um den Hals, dass dieser beinahe das Gleichgewicht verlor und sich nur mit Mühe auf den Füßen halten konnte.

Die Erwachsenen im Zimmer gaben Laute der Freude von sich.

»Und wann kommt es auf die Welt?«, wollte Frank nun wissen.

»Es ist schon auf der Welt. Es ist das kleine Mädchen, bei dem deine Mummy gerade im Krankenhaus ist.«

»Das kleine Baby, das niemanden auf der Welt hat und das so schwer krank ist?« Franks Stimme überschlug sich beinahe.

»Genau dieses Baby, nur dass es jetzt nicht mehr krank ist, sondern jeden Tag kräftiger wird, weil deine Mummy es mit ihrer Liebe gesund gemacht hat.« Nach dieser Erklärung strahlte Frank glücklich und Michael bekam feuchte Augen. Er richtete sich wieder auf und sprach nun alle Anwesenden an, die davon ebenfalls gerührt waren.

»Und heute Morgen habe ich mit dem Jugendamt telefoniert und erfahren, dass es gegen eine Adoption von deren Seite keine Einwände gibt, weil die leibliche Mutter nicht ermittelt werden konnte.«

»Oh, wie wunderbar!« Roberta war die Erste, die ihm und auch Frank von Herzen gratulierte, und die anderen schlossen sich an.

Danach wandte sich Michael an Henderson.

»Würden Sie bitte gemeinsam mit Jefferson in den Weinkeller hinuntergehen und eine Flasche von unserem besten Champagner heraufholen? Es ist zwar noch ein wenig früh am Tag, aber ich möchte gerne mit Ihnen allen wenigstens mit einem winzigen Schluck auf Franks Schwester und meine Tochter Lilian anstoßen.«

Frank riss die Augen auf und rief: »Heißt das, dass ich etwa auch Champagner bekomme, Dad?«

»Eigentlich nicht, aber heute ausnahmsweise zur Feier des Tages ein Champagnerglas mit Limonade ...«

24

Wenige Tage später ...

Henderson trat seinen Rundgang durch das Haus an, und es sollte der Letzte sein in seiner Funktion als Butler von Cardington Manor. Diese lieb gewordene Pflicht führte er heute in den frühen Morgenstunden durch und nicht – wie in den vergangenen vierzig Jahren – am Vormittag. Denn er wollte in Ruhe Abschied nehmen.

Abschied von einer Ära seines Lebens, die stets durch seine Berufung, seinen Herren zu dienen, geprägt gewesen war. Mehr hatte er nie gewollt.

Abschied von einem Haus, von dem er jeden noch so unbedeutenden Winkel kannte und das ihm in vier Jahrzehnten zu einem behaglichen Zuhause geworden war. Zwar würde er dank seiner Verbindung mit Roberta weiterhin hier leben, doch war er sich sicher, dass sich sein Blickwinkel verändern würde, weil es nicht länger der eines Butlers, sondern der eines Bewohners wäre, mit dem er all dies fortan betrachten würde.

Dass das nun kein Abschied von den Menschen war, die ihm am Herzen lagen, bedeutete ihm am meisten. Er hatte die Nähe zu den Tomlinsons stets geschätzt – seine jungen Dienstherren, die trotz des materiellen Überflusses doch bodenständig und vor allem anständig geblieben waren. Samantha Tomlinson hatte er bereits gemocht, seit Lord Charles sie zum ersten Mal – blutjung – mit nach Cardington Manor gebracht hatte. Und er erinnerte sich noch genau an den Tag, als sie mit Michael Tomlinson zurückgekommen war, und er selbst empfunden hatte, dass dieser Mann um so vieles besser zu ihr passte.

Er konzentrierte sich nun wieder auf seinen Weg durch das Haus. In diesem Augenblick befand er sich im Westflügel, genau dort, wo sich die Familie ihren gemütlichen Wohnbereich eingerichtet hatte. Hier vermied er es besonders, ein Geräusch zu erzeugen, da um diese Uhrzeit sicher noch alles schlief. Der Anblick von Franks neuer Zimmertür entlockte ihm ein Lächeln.

Wie sich der Junge gefreut hatte! Über sein erstes eigenes Zimmer, aber noch mehr über seine kleine Schwester.

Irgendwann würden auch Franks Geschwister in den jetzt noch leer stehenden Jungendzimmern wohnen, die direkt an seines anschlossen. Der Gedanke, dieser Familie weiterhin beim Gedeihen zusehen zu können, erfüllte den alten Butler mit Glück.

Der Gang durch den Ostflügel löste gegensätzliche Gefühle in ihm aus. Hier würde er einerseits selbst seinen Lebensabend verbringen – gemeinsam mit seiner Liebsten, seiner Roberta. Wie es ihn freute, dass sie sich wieder ausgesöhnt hatten!

Andererseits lag nur ein paar Türen entfernt davon das Arbeitszimmer seines ehemaligen Dienstherrn, des bedauernswerten Lord Charles, der sich darin gut zwei Jahre zuvor das Leben genommen hatte. Doch dank einer gründlichen Renovierung war davon heute nichts mehr zu sehen oder zu spüren. Nur die Erinnerung daran war noch immer wach.

Mit seinem Generalschlüssel öffnete er die Tür des Boudoirs, ging hinein und gedachte mit versonnenem Lächeln all der illustren Gäste, die während seiner Dienstjahre darin übernachtet hatten. Er kontrollierte noch das Badezimmer, notierte sich beim Verlassen, dass eine der Glühbirnen ausgebrannt war, und schloss das pompöse Gästezimmer wieder hinter sich ab.

Da er die Räumlichkeiten des Erdgeschosses bereits gesichtet hatte, begab er sich nun direkt in den Weinkeller, um einen letzten berechtigten Blick auf die dort gelagerten, uralten Weinschätze zu werfen und die damit verbundenen Erinnerungen noch einmal aufleben zu lassen. Danach wollte er sich noch im Souterrain umsehen und bei der Gelegenheit Rose um eine Tasse Tee bitten.

Die Treppenstufen beim Verlassen des Weinkellers fielen ihm an diesem Morgen besonders schwer. Außerdem fühlte er die schmerzliche Präsenz des eigens für ihn angefertigten Schlüssels, der ihm seinerzeit von Lord Edward Cardington persönlich anvertraut worden war.

Henderson seufzte und atmete tief durch, bevor er den Weg zum Souterrain nahm. Contenance war ihm mit den Jahren wie ein zweiter Vorname geworden. Er fühlte sich verpflichtet, auch an seinem letzten Tag den anderen Bediensteten als Personalvorstand ein Vorbild zu sein. Doch als er die Küche betrat, war niemand zu sehen.

Eigenartig – Rose und Clara müssten doch eigentlich längst hier sein, um das Frühstück für die Familie vorzubereiten.

Er konnte sich nicht vorstellen, wo sie sich um diese Uhrzeit aufhalten mochten, doch er hatte auch nicht vor, sie heute dafür zur Rede zu stellen.

Wenigstens stand schon eine Kanne Tee bereit. Er nahm sich eine Tasse aus dem Wandschrank und bediente sich. *Was für eine Wohltat,* schwärmte er, als ihm das heiße Gebräu belebend die Kehle hinabrann. Auf einmal hörte er hinter sich Geräusche und drehte sich um.

Beinahe hätte Henderson danach seine Tasse fallen lassen.

Sämtliche Bewohner von Cardington Manor traten in diesem Augenblick aus der Vorratskammer, wo sie sich versteckt haben mussten, und standen jetzt in einer langen

Reihe vor ihm. Mit strahlenden Gesichtern stimmten sie dann auch noch gemeinsam ein altes Volkslied an:

»Should auld acquaintance be forgot ...«

Alle waren sie an diesem frühen Morgen gekommen – alle! – und sangen in diesem Moment für ihn. Sogar Mrs Tomlinson mit der kleinen Lilian. Mr Tomlinson hatte Master Colin auf dem Arm. Der kleine Frank stand zwischen Roberta und Jefferson. Er lachte, weil sein Hündchen zum Gesang ein wenig mitjaulte. Mildred Boyle hielt einen Blumenstrauß in der Hand, Anthony Browning einen edlen *Single Malt* und Dr. Mortimer eine Flasche Hochprozentiges. Der alte Gärtner Bellows, der gemeinsam mit Henderson mehr als sein halbes Leben auf Cardington Manor verbracht hatte, trug mit seinem Enkel William eine zimmerhohe Pflanze. Anthony Browning und das gesamte Stallpersonal hatten einen prächtigen Präsentkorb mitgebracht. Frances und Clara hoben ein riesiges Banner in die Höhe, auf dem *Unserem lieben Mr Henderson zum Abschied* stand. Und die gute Rose stand weinend neben einer überwältigenden Torte, auf der ebenfalls etwas geschrieben stand, das Henderson jedoch nicht entziffern konnte, weil auch ihm inzwischen Tränen in die Augen gestiegen waren.

»Meine Lieben … meine Lieben …«, stammelte er wieder und wieder und schüttelte den Kopf, als könnte er nicht glauben, was sich in diesem Moment vor seinen Augen ereignete.

»Wie soll ich denn jetzt noch meine Contenance halten bei solch einer Freude?«, fragte er, nachdem *Auld Lang Syne* verklungen war. Er zog ein ordentlich gebügeltes Stofftaschentuch aus seiner Hosentasche, putzte sich die Nase und entfernte dabei unauffällig auch ein paar Tränen. »Ich danke Ihnen allen von ganzem Herzen für diese überaus gelungene Überraschung! Ich freue mich wirklich sehr.«

Mr Tomlinson übergab Colin an die Kinderfrau, trat dann vor und ergriff das Wort.

»Lieber Henderson, im Namen meiner Familie möchte ich nun ein paar Worte an Sie richten … Vierzig Jahre sind eine richtig lange Zeit. Das ist länger als mein bisheriges Leben.« Einige der Umstehenden lachten kurz auf und nickten. »Es ist für mich deshalb unvorstellbar, was Sie in diesen Wänden bereits erlebt haben müssen, und wie viele Menschen in dieser langen Zeitspanne bereits in den Genuss Ihrer außerordentlichen Zuvorkommenheit und Loyalität gekommen sind. Den folgenden Satz wollte eigentlich meine Frau zu Ihnen sagen.«

Er drehte sich kurz zu Mrs Tomlinson um, die leise weinend im Hintergrund stand und wohl gerade nicht in der Lage war, zu sprechen.

»Lieber Henderson, wir danken Ihnen im Namen von ganz Cardington Manor für Ihre Treue und Ihren Anstand und für stets das richtige Gefühl in jeder Situation.«

Henderson nickte und wandte den Kopf zur Seite, um sich erneut die Nase zu putzen.

Danach sprach Mr Tomlinson weiter: »Ich selbst lebe hier mit meiner Familie erst seit ungefähr anderthalb Jahren und es fällt mir schon jetzt schwer, mir ein Leben ohne Sie vorzustellen.« Die Anwesenden raunten Zustimmung. »Glauben Sie mir bitte, dass uns allen – und ich denke, ich kann wirklich im Namen aller sprechen – eigentlich gerade zum Weinen zumute wäre, wenn wir nicht wüssten, dass Sie weiterhin bei uns im Haus wohnen bleiben werden.«

Alle Blicke wanderten nun zu Roberta, die ihren Richard in diesem Moment anstrahlte und ihm eine Kusshand zuwarf, die er mit einem Lächeln quittierte.

»Genießen Sie Ihren Ruhestand, mein lieber Henderson! Was meine Familie und ich dazu beitragen können, werden wir tun. Und da Sie ja erst kürzlich auf den Geschmack des Reisens gekommen sind, erlauben meine Frau und ich uns, Ihre Reisekasse ein wenig aufzustocken.« Er überreichte Henderson ein weißes Kuvert, das dieser vollkommen überwältigt entgegennahm. Dann schüttelten sich die beiden Männer die Hand.

Mrs Tomlinson übergab indes das Baby an Roberta, trat auf die beiden zu und umarmte ihren alten Butler unter Tränen.

»Danke für alles, mein lieber, lieber Henderson«, flüsterte sie aufgelöst.

Der alte Herr griff erneut zu seinem Taschentuch und räusperte sich, ehe er zu sprechen begann.

»Ich darf Ihnen zunächst allen danken für diese reizende Überraschung. Sie sehen mich vollkommen überwältigt.« Er ließ seinen glücklichen Blick über die Gesichter der Menschen in der Küche gleiten. »Ich betrachte es als große Gnade, die mir zuteilgeworden ist, dass ich meinen Beruf mein gesamtes Arbeitsleben lang wirklich gerne ausgeübt habe. Aber ganz besonders die letzten Jahre, in denen ich das Entstehen und das Gedeihen der Familie Tomlinson habe miterleben dürfen, erfüllen mich mit Glück und tiefster Dankbarkeit.« Seine Stimme versagte vor Ergriffenheit und er wechselte einen tränenfeuchten Blick mit den Tomlinsons.

Dann redete Mr Tomlinson für ihn weiter. »Aber es gibt ja noch einen weiteren Grund, der uns über Hendersons Abschied hinwegtröstet. Die meisten von Ihnen dürften es noch gar nicht wissen, aber es ist Hendersons eigener Sohn, der in diesem Augenblick seine Stellung übernimmt, und er macht ihm wirklich alle Ehre, wie ich finde.« Er sah sich suchend im Raum um. »Bitte, treten Sie doch vor!«

Laute der Verwunderung erfüllten mit einem Mal die Küche, als sich der – inzwischen den meisten bekannte – Hausdiener aus der Menge löste und sich neben seinen

Vater stellte. Henderson legte ihm eine Hand auf die Schulter und richtete sich an die Menge.

»Mit Stolz und Freude darf ich Ihnen Jefferson Barley als meinen Sohn vorstellen – ja, durch ihn bin ich seit Kurzem zum Vater geworden. Mit dem heutigen Tag wechseln wir beide nicht nur die Stellung, sondern auch unsere Namen, mit denen wir künftig auf Cardington Manor angesprochen werden. Und niemals hätte ich gedacht, dass mir diese Geste so leichtfallen würde.«

Er zog seinen Schlüsselbund aus der Tasche seines Jacketts und gab ihn an Jefferson weiter.

»Zu treuen Händen – Barley.«

Inzwischen hatten die Anwesenden damit begonnen, rhythmisch Applaus zu klatschen, und Richard konnte sich nicht erinnern, wann die altehrwürdige Küche jemals solch eine zu Herzen gehende Feierlichkeit erlebt hatte.

25

Zu später Stunde an diesem denkwürdigen Tag betrat Michael mit einem Milchfläschchen in der Hand das Schlafzimmer.

»Sammy, du errätst nie, was ich gerade unten bei Rose in der *Sun* gelesen habe.«

»Wie sollte ich auch? Ich habe doch noch nicht einmal gewusst, dass du überhaupt an Nachrichten interessiert bist, die in der *Sun* stehen. Aber was auch immer es ist, es muss warten.« Sie grinste ihn an und streckte ihm bereits ungeduldig die Hand entgegen.

»Gib schnell her, hier ist nämlich jemand schon wieder halb am Verhungern«, sagte sie mit einem Blick auf Lilian, die in ihrem Arm lag und am kleinen Finger ihrer Mutter saugte. Samantha nahm die Flasche mit der weißen Nährlösung entgegen und hielt sie sich kurz gegen die Wange, um die Temperatur zu prüfen. Dann zog sie unauffällig ihren Finger aus Lilians Mund heraus und ersetzte ihn sogleich durch den Flaschensauger, was ihr die Kleine mit einem begierigen Schmatzlaut quittierte.

Die frisch gebackenen Eltern des Mädchens lächelten sich voller Freude an und sahen ihrer lebenshungrigen Tochter dabei zu, wie sie mit ziemlicher Geschwindigkeit die nährende, warme Milch aus der Flasche nuckelte. Samantha berührte indes mit einem Finger den flauschigen rosafarbenen Strampelanzug, der an den Ärmchen mehrfach umgekrempelt war.

»Wenn sie so weitermacht, wird sie den schon bald ganz ausfüllen, da bin ich sicher.«

»Das ist so ein schönes Bild«, sagte Michael nach einer kleinen Weile mit verklärtem Blick und schüttelte dabei den Kopf. »Ihr beide zusammen …« Er ging neben dem Bett in die Hocke, streichelte sanft Lilians zarten Flaum und küsste dann Samantha auf den Mund.

»Ihr beide seid meine beiden Lieblingsmädchen, ich kann es nur wieder und wieder sagen.«

Samantha schenkte ihm dafür ihr strahlendstes Lächeln. Von Glück erfüllt erwiderte sie: »Ich bin so unendlich dankbar dafür, wie das alles gekommen ist. Stell dir nur mal vor, wir hätten unsere süße Lilian jetzt nicht.«

Sie nahm die Kleine hoch und legte sie zum Aufstoßen an ihre Schulter, wo diese – ermattet von der Anstrengung – sogleich vom Schlaf übermannt wurde.

»Das kann ich mir schon gar nicht mehr vorstellen«, versicherte er mit einem seligen Ausdruck und fügte noch mit einem Seufzen hinzu: »Sie ist genauso bezaubernd wie ihre Mutter.«

»Mindestens.« Samantha dankte ihm mit einem zärtlichen Blick und sprach auf einmal leise weiter: »Schau mal, unser Schätzchen scheint eingeschlafen zu sein. Wir sollten sie wieder in ihr Bettchen legen. Vielleicht springt ja dann für uns heute auch noch ein wenig Ruhe heraus.«

Michael nickte und pflückte das schlummernde Kind von Samanthas Schulter. Dabei verschwand Lilians winziger Körper beinahe in seinen großen, warmen Händen. Er trug sie behutsam hinüber ins Kinderzimmer und bettete sie dort vorsichtig in die Wiege.

Wieder im Schlafzimmer sagte er: »Unsere beiden kleinen Engel schlafen.«

»Sehr gut«, erwiderte Samantha entspannt. »Und der etwas größere Engel in seinem großen Zimmer hoffentlich inzwischen auch.« Sie lächelte, als sie an Frank dachte. »Übrigens hat Roberta vorhin erste Neuigkeiten aus Lamberhurst an mich weitergeleitet: Das neue Begräbnis von Vivien Sloane findet übernächste Woche statt.«

»Das ging ja schnell. Vielleicht schaffen wir es ja, hinzufahren.«

»Ja, das hoffe ich. Und was wolltest du mir vorhin Sensationelles erzählen?«

Er überlegte kurz, während er sich neben sie aufs Bett legte.

»Ach ja … als ich in der Küche gewartet habe, dass das Fläschchen fertig wurde, habe ich mir von Rose die *Sun* geborgt, um mir damit ein bisschen die Zeit zu vertreiben. Und was glaubst du, was heute in der Schlagzeile steht?«

Sie zuckte mit den Achseln. »Keine Ahnung. Sag es mir.«

»Unsere liebe Freundin Hazel McGregor hat sich jetzt einen Knaben aus dem britischen Königshaus geangelt. Die Presse munkelt, man müsse sie wohl demnächst mit einem Adelstitel ansprechen.«

»Nein!« Samantha lachte kurz auf. »Das erklärt natürlich so einiges«, erwiderte sie dann mit einem hintergründigen Lächeln und schüttelte nachdenklich den Kopf.

»Was meinst du denn jetzt wieder damit?«

»Ach, nichts Besonderes«, wiegelte sie ab.

»Hast du etwa schon davon gewusst?«

»Nein. Nein, nicht wirklich. Ich war nur gespannt, wen sie sich als ihren nächsten Kandidaten aussuchen würde.« Sie überlegte einen Moment lang und lachte dann. »Glaubst du, sie wird uns auch diesmal zu ihrer Hochzeit einladen?«

»Nie im Leben wird sie das tun, da bin ich mir sicher.«

»Und was macht dich da so sicher?«

»Warum sollte sie uns denn einladen? Damit sich dann auch ihr Prinz in dich verliebt, wenn sie euch miteinander bekannt macht? Da wäre sie doch ganz schön dumm. Und so dumm ist nicht einmal Hazel.«

»Stimmt. Ihre Interessen mögen ja ein wenig oberflächlich sein, aber Hazel ist alles andere als dumm.«

Dann lächelte sie geschmeichelt. »Und du übertreibst mal wieder schamlos.«

»Keineswegs.« Er zog sie an sich heran und küsste sie auf den Mund. »Weil du die wundervollste Frau der Welt bist, und jeder, der dich kennenlernt, muss das einfach einsehen – man kann sich deinem Charme ja gar nicht entziehen, selbst wenn man es möchte.«

»So siehst du mich also?« Sie kicherte bei dieser Vorstellung, und er nickte.

»Ja, genau so sehe ich dich, nicht anders.«

Er knöpfte ihre Bluse auf, bis der Ausschnitt ihres BHs die Sicht auf ihre halb entblößten Brüste freigab. Mit einem geübten Griff öffnete er dann auch noch den Verschluss des störenden Wäschestücks, schob es aus seinem Blickfeld und betrachtete voller Erregung sein Werk. Als sich sein Mund ihren Brustwarzen näherte, stöhnte sie leise auf. Dann schob sie ihn plötzlich auf Abstand und sah ihn direkt an.

»Sag mal, hast du nicht noch etwas vergessen?«

»Du meinst, dass du noch eine zweite Brust hast? Natürlich nicht. Wie könnte ich das je vergessen …«, raunte er mit heiserer Stimme und wollte sich gerade genüsslich der anderen Seite widmen, als sie ihn schon wieder von seinem Vorhaben abhielt.

»Nein, das habe ich nicht gemeint.« Sie lachte nun. »Wolltest du mir nicht vielleicht endlich etwas erzählen? Etwas in der Art wie, welche tausend Dinge du in der letzten Zeit so vor mir geheim gehalten hast?«

»Ach so, das meinst du … ja, stimmt.« Er wandte sich wieder von den Objekten seiner Begierde ab und ließ sich widerwillig auf seine Betthälfte fallen. »Na gut, dann packe ich jetzt eben aus«, sagte er mit einem gespielten Seufzer und atmete noch einmal tief durch.

Sie drehte sich gespannt zu ihm um, den Kopf in die Hand gestützt. »Na endlich. Es wurde aber auch Zeit.«

Wie um ihre Reaktion mitzuerleben, sah er ihr in die Augen, als er zu reden begann.

»Also … Cardington Manor wird wohl demnächst mit drei bis vier großen Wiesen weniger auskommen müssen.« Danach sah er sie herausfordernd an.

»Ach so? Und warum? Müssen wir etwa Land verkaufen? Oder hast du dich verspekuliert?«, fragte sie mit erschrockenem Ausdruck.

»Nein. Weil ich dort ein paar größere Gebäude errichten lassen werde«, erwiderte er mit einem Grinsen und ergötzte sich schamlos an ihrer Unwissenheit.

»Ein paar größere Gebäude also, soso …« Sie sah ihn nun völlig entgeistert an. »Und wo genau soll das Ganze stattfinden?«

»Etwa tausend Yards hinter der Gärtnerei.«

»Ach«, erwiderte sie nur und nickte. »Also, wenn du mir einen Gefallen tun möchtest, Michael, dann lässt du dir den Rest deiner Neuigkeiten nicht mehr in kryptischen Einzelheiten aus der Nase ziehen, sondern sprichst zu mir in mehreren zusammenhängenden Sätzen.«

»Also schön, obwohl ich wirklich sagen muss, dass ich die Zeit sehr genossen habe, als du noch nichts darüber gewu…«

Sie knuffte ihn lachend in die Seite. »Michael – jetzt rede endlich!«

Er veränderte seinen Ausdruck und schaute sie liebevoll an.

»Wie du dir vielleicht vorstellen kannst, Sammy, habe ich in den letzten Wochen viel nachgedacht. Über dich, über uns – über mein ganzes Leben. Und darüber, wie ich all unsere Wünsche und Bedürfnisse in Einklang bringen kann.« Sie sah ihn nur aufmerksam an, und er küsste sie zärtlich, bevor er fortfuhr.

»Nun … vor ungefähr zwei Wochen habe ich ein ganz besonderes Angebot erhalten, und das hat mich auf eine

Idee gebracht. Bevor ich dir aber davon erzählen konnte, musste ich erst einmal ein paar Gespräche führen, ob die Sache überhaupt machbar ist. Sonst hättest du womöglich gedacht, dass ich dir nur leere Versprechungen mache oder etwas in der Art ...« Samantha unterbrach ihn, indem sie aufstöhnte und die Augen verdrehte.

»Michael – ich platze gleich! Rück jetzt endlich raus damit!«

»Also ...« Er atmete noch einmal tief durch und sah sie wieder direkt an. »Die Universität von Cambridge hat mir eine Professur angeboten. Da ich diese Professur gerne annehmen möchte, aber Cambridge doch ziemlich weit von hier entfernt liegt, wird auf Cardington Manor in Kürze eine Akademie entstehen, gewissermaßen eine Zweigstelle der Universität von Cambridge. Der Name wird sein: *Akademie für Landschaftsarchitektur*. Die Gebäude werden für die Universität selbst gebraucht, eines davon als Verwaltungstrakt und dann noch ein Studentenwohnheim.«

Sie starrte ihn nun fassungslos an. »Das ist jetzt nicht wahr, oder?«

»Vorausgesetzt natürlich, die Herrin von Cardington Manor erlaubt es mir ...«

»Da bin ich mir ganz sicher«, erwiderte sie atemlos. Er grinste sie freudig an und sie begann langsam zu lächeln. »Eine Professur also ... eine Universität ...« Ihr Ausdruck war reines Staunen und er genoss diesen Moment zutiefst.

»Findest du, dass mir die Überraschung gelungen ist?«, scherzte er, denn diese Frage war angesichts ihrer Reaktion mehr als überflüssig.

»Aber ... aber heißt das dann, dass du nur noch auf Cardington Manor arbeiten möchtest? Natürlich in deiner Akademie, meine ich.«

»So habe ich es vor. Na, was meinst du?« Er nickte entschlossen.

Sie küsste ihn auf den Mund, erwiderte aber nichts darauf. Den Kopf an seine Brust geschmiegt, dachte sie nach.

»War das nun etwa schon deine ganze Reaktion?«, fragte er ungläubig und schaute sie verwundert an. »Und ich habe gedacht, du wärst vor Freude ganz aus dem Häuschen, wenn ich dir davon erzähle.«

»Das bin ich auch.« Sie hob den Kopf wieder und erwiderte seinen Blick. »Glaub mir bitte, das bin ich auch.« Dann schüttelte sie plötzlich den Kopf. »Aber irgendetwas daran fühlt sich nicht richtig an ... einfach nicht richtig.« Sie sah ihn ratlos an.

»Samantha, mach mich jetzt bitte nicht wahnsinnig!« Er setzte sich nun abrupt auf und fuhr sich durchs Haar. »Hast du etwa nicht gewollt, dass ich mich ständig auf Cardington Manor aufhalte? Ganz in deiner und der Kinder Nähe? Und jetzt, wo ich es mit viel Mühe und langen Verhandlungen möglich gemacht habe, ist es etwa schon wieder nicht recht?« Er seufzte laut auf. »Ich falle jetzt langsam vom Glauben ab!«

Bevor er sich in seiner Verdrossenheit aus dem Bett schwingen konnte, setzte sie sich ebenfalls auf und schlang ihre Arme um ihn.

»Liebling, ich freue mich wahnsinnig darüber, wirklich«, sagte sie nun in zärtlichem Tonfall.

»Das hat aber gerade noch anders geklungen«, brummte er.

»Das liegt nur daran, dass du nicht weißt, wie ich es meine.« Sie drückte ihn sanft auf das Bett zurück, bis sein Kopf wieder auf dem Kissen zu liegen kam.

»So?«, kam es zweifelnd aus der Horizontalen. »Und wie war es dann gemeint?«

Sie nahm seinen Arm, legte ihn sich zurecht und kuschelte sich dann hinein, bevor sie zu erklären begann.

»Weißt du, Liebling, ich habe doch auch nachgedacht

während unserer Krise, und dein Vorhaben beschämt mich jetzt ein wenig.«

»Warum das denn?« Er schnaubte nun belustigt.

»Genau wie du, so habe auch ich darüber nachgedacht, was ich alles falsch gemacht habe, wo ich einfach falsche Erwartungen gehegt habe. Und spätestens seit ich mit Patricia gesprochen habe, weiß ich, dass meine Haltung dir gegenüber auch nicht richtig gewesen ist.«

»Ach so? Da bin ich jetzt aber gespannt, wo ich doch gedacht habe, ich wäre an allem schuld …«, grummelte er noch immer enttäuscht.

»Ich habe inzwischen verstanden, dass das Unterwegssein doch irgendwie zu dir gehört. Besonders vor diesem Hintergrund freue ich mich wahnsinnig über deine neuen Pläne. Es ist schier unglaublich, was du bereit bist, für unsere Ehe aufzugeben.«

Mit dem Arm, in dem sie lag, drückte er sie nun innig an sich und küsste ihr Haar. »Dann hast du ja jetzt hoffentlich verstanden, wie sehr ich dich liebe.«

»Ja, das habe ich allerdings. Aber deine Arbeit macht doch auch einen Teil deiner Persönlichkeit aus, und den darf ich dir nicht nehmen. Deshalb kann ich dieses Opfer von dir – und das wäre es! – nicht annehmen. Oder nur unter der Bedingung, dass du wenigstens einen oder zwei Aufträge im Jahr außerhalb durchführst. Vielleicht kannst du das ja auch mit der Akademie verknüpfen. Könnte das nicht Teil des Studiums sein, dass du zum Beispiel deine Studenten zu so einem Projekt mitnimmst und sie auf diese Weise direkt in der Praxis etwas lernen?«

»Verstehe einer die Frauen«, erwiderte er mit einem lachenden Schnauben. Mehr sagte er nicht.

Michael richtete sich nun halb auf und drehte sich so zu ihr herum, dass ihr Kopf von seinem Arm auf das Kissen rutschte. Kopfschüttelnd sah er ihr in die Augen, die ihm etwas unsicher entgegenblickten. Dann begann er damit, wieder und wieder ihren Mund zu küssen. Sie hatte ihre Mühe, mit seiner Leidenschaft Schritt zu halten, weil sie gleichzeitig damit beschäftigt war, ihm sein T-Shirt über den Kopf zu ziehen. Dann befühlte sie genüsslich die Haut seines Rückens.

Während sie sich immer leidenschaftlicher küssten, rieben sich auch ihre Körper immer begehrlicher aneinander.

Samantha konnte es jetzt nicht mehr erwarten. Sie fing an, die Knöpfe seiner Jeans zu öffnen und ertastete auch gleich die Boxershorts. Was sie darin fühlte, gefiel ihr außerordentlich gut, und der Gedanke, dass es nun endlich so weit sein würde, ließ sie beinahe ohnmächtig werden vor Lust. Mit Händen und Füßen befreite sie ihn hastig von den lästigen Hosen.

Michael dagegen hielt sich nicht weiter mit derlei Details auf. Er schob ihren Rock kurzerhand nach oben und streifte ihr das Höschen zur Seite. Als er direkt über ihr war, trafen sich ihre Augenpaare.

Er hielt in der Bewegung inne und sagte: »Du bist mein Leben. Weißt du das eigentlich?«

»Und du bist mein Leben«, erwiderte sie glücklich.

Mit einem sehnsuchtsvollen Stöhnen, das wie ein Nachhausekommen klang, drang er in sie ein. Im selben Moment verschmolzen ihre Hände und Blicke ebenfalls miteinander, und es fühlte sich an wie bei ihrem allerersten Mal.

Hat Ihnen mein Roman gefallen?

Ich freue mich immer über Empfehlungen und
Rückmeldungen:

sybillekolar.com
facebook.com/SybilleKolar.Autorin
Twitter: @SybilleKolar
Instagram: sybille_kolar

Oder hinterlassen Sie eine Rezension bei Amazon
oder in den anderen Shops.

Herzlichen Dank!

Ihre Sybille Kolar

Die Bände der CARDINGTON-MANOR-Reihe sind
als Taschenbuch überall im Buchhandel erhältlich,
in der E-Book-Version ausschließlich bei Amazon
und KindleUnlimited.

Kennen Sie schon die anderen Bände
der CARDINGTON-MANOR-Reihe?

Band 1
Lady Cardington und ihr Gärtner
Wie alles begann …

ISBN: 978-3-7392-4915-5

Band 2

Schlangen im Paradies

ISBN: 978-3-7392-4239-2

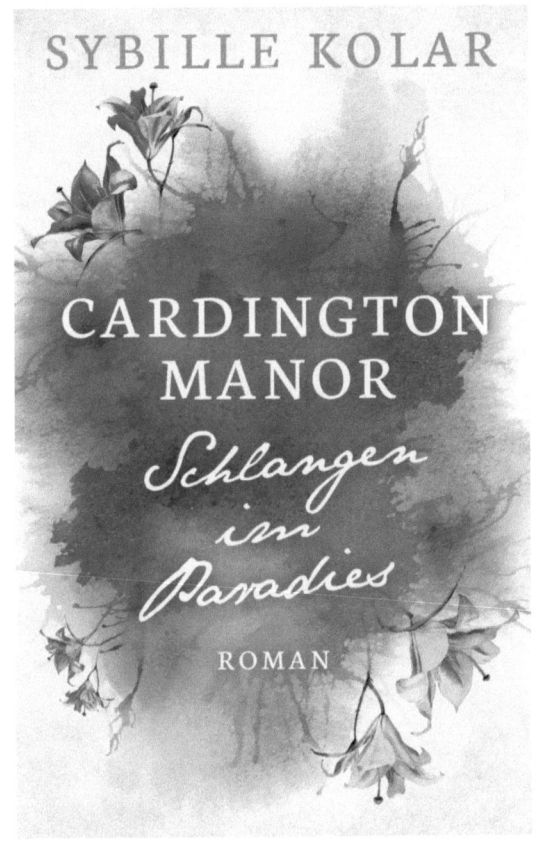

Band 3

Schatten der Vergangenheit

ISBN: 978-3-7412-4215-1

Und der Sammelband der
CARDINGTON-MANOR-Reihe!
Er enthält die Bände 1-3 in ungekürzter Fassung:

Lady Cardington und ihr Gärtner
Schlangen im Paradies
Schatten der Vergangenheit

ISBN: 978-3-7412-5092-7

Band 4

Sommerstürme

ISBN: 978-3-7412-9839-4

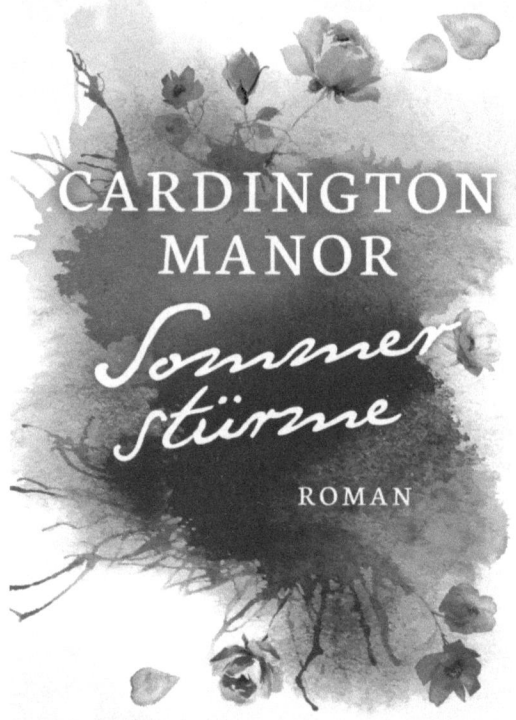

Band 5

Brennende Herzen

ISBN: 978-3-7431-9090-0